MAIGRET

OUVRAGES DE GEORGES SIMENON

AUX PRESSES DE LA CITÉ

COLLECTION MAIGRET

ROMANS

GEORGES SIMENON

LE COMMISSAIRE MAIGRET

MAIGRET

PRESSES **POCKET**

116, RUE DU BAC, PARIS

1

AVANT d'ouvrir les yeux, Maigret fronça les sourcils, comme s'il se fût méfié de cette voix qui venait de lui crier tout au fond de son sommeil :

« Mon oncle !... »

Les paupières toujours closes, il soupira, tâtonna le drap de lit et comprit qu'il ne rêvait pas, qu'il se passait quelque chose puisque sa main n'avait pas rencontré, là où il eût dû être, le corps chaud de Mme Maigret.

Il ouvrit enfin les yeux. La nuit était claire. Mme Maigret, debout près de la fenêtre à petits carreaux, écartait le rideau cependant qu'en bas quelqu'un secouait la porte et que le bruit se répercutait dans toute la maison.

« Mon oncle ! C'est moi... »

Mme Maigret regardait toujours dehors et ses cheveux roulés autour des épingles lui faisaient une étrange auréole.

« C'est Philippe, dit-elle, sachant bien que

Maigret était éveillé et que, tourné vers elle, il attendait. Tu te lèves ? »

★ ★ ★

Maigret descendit le premier, les pieds nus dans ses pantoufles de feutre. Il avait passé à la hâte un pantalon et, tout en s'engageant dans l'escalier, il endossait le veston. A la huitième marche, il devait baisser la tête, à cause de la solive. D'habitude, il le faisait sans y penser. Cette fois il oublia et heurta la poutre du front, grogna, jura, quitta la cage de l'escalier glaciale pour la cuisine où régnait encore un petit reste de chaleur.

Il y avait des barres de fer à la porte. De l'autre côté, Philippe disait à quelqu'un :

« Je n'en ai pas pour longtemps. Nous serons à Paris avant le jour. »

Mme Maigret s'habillait, car on l'entendait aller et venir au premier étage. Maigret tira le battant, maussade du coup qu'il venait de se donner.

« C'est toi ! » grommela-t-il en voyant son neveu debout sur la route.

Une énorme lune nageait au-dessus des peupliers sans feuilles et rendait le ciel si clair que les moindres branches s'y dessinaient et que la Loire, au-delà du tournant, n'était qu'un grouillement de paillettes argentées.

« Vent d'est ! » pensa machinalement Maigret, comme l'eût pensé n'importe quel habitant du pays en voyant griser la surface du fleuve.

Ce sont des habitudes qu'on prend à la campagne, comme aussi de rester sans rien dire dans l'encadrement de la porte à regarder l'intrus et à attendre qu'il parle.

« Je n'ai pas éveillé tante, au moins ? »

Philippe avait le visage figé de froid. Derrière lui, sur la campagne blanche de givre, se découpait la silhouette saugrenue d'un taxi G. 7.

« Tu laisses le chauffeur dehors ?

— Il faut que je vous parle tout de suite.

— Entrez vite tous les deux », fit dans la cuisine Mme Maigret qui allumait une lampe à pétrole.

Elle ajouta pour son neveu :

« L'électricité n'est pas encore placée. C'est-à-dire que l'installation est faite dans la maison, mais on ne nous a pas encore donné le courant. »

Une ampoule pendait en effet au bout d'un fil. Il y a des détails de ce genre que l'on remarque sans raison. Et, quand on est déjà nerveux, cela suffit à vous irriter. Pendant les minutes qui suivirent, Philippe devait souvent fixer cette ampoule et son fil mal tendu qui ne servaient à rien, sinon à souligner tout ce que cette maison campagnarde avait de vieillot, ou bien tout ce que le confort moderne a de fragile.

« Tu viens de Paris? »

Mal réveillé, Maigret s'appuyait à la cheminée. La présence du taxi sur la route rendait la question aussi inutile que l'ampoule. Mais il y a des moments où l'on parle pour parler.

« Je vais tout vous raconter, mon oncle. Je suis dans une situation épouvantable. Si vous ne m'aidez pas, si vous ne venez pas à Paris avec moi, je ne sais pas ce que je deviendrai. J'en perds la tête. Tenez! Je n'ai pas embrassé tante. »

Il effleura trois fois les joues de Mme Maigret qui avait passé un peignoir sur sa tenue de nuit. Il accomplissait ce rite comme un enfant. Aussitôt après, il s'assit devant la table et se prit la tête à deux mains.

Maigret bourrait sa pipe en le regardant et sa femme entassait des brindilles dans la cheminée. Il y avait dans l'air quelque chose d'anormal, de menaçant. Maigret, depuis qu'il était à la retraite, avait perdu l'habitude de se lever au milieu de la nuit et cela lui rappelait, malgré lui, des nuits passées auprès d'un malade ou d'un mort.

« Je me demande comment j'ai pu être si bête! » sanglota soudain Philippe.

Son émotion éclatait d'un seul coup. Il pleurait sans larmes. Il regardait autour de lui comme quelqu'un qui cherche à passer ses nerfs

sur quelque chose, et par contraste avec cette
agitation à vide, Maigret remontait la mèche de
la lampe à pétrole, les premières flammes
s'élevaient du foyer.

« Avant tout, tu vas boire quelque chose. »

L'oncle prit une bouteille de marc et deux
verres dans un placard qui contenait des restes
de victuailles et qui sentait la viande froide.
Mme Maigret mit ses sabots pour aller chercher
du bois dans le bûcher.

« A ta santé! Surtout, essaie d'être un peu
plus calme. »

L'odeur des brindilles qui flambaient se
mêlait à celle du marc. Philippe, hébété, regardait sa tante qui surgissait sans bruit de
l'obscurité, les bras chargés de bûches.

Il était myope et, vus sous un certain angle,
ses yeux paraissaient immenses derrière les
verres de ses lunettes, ce qui lui donnait un air
d'affolement enfantin.

« C'est arrivé cette nuit même. Je devais faire
une *planque* rue Fontaine...

— Un instant, l'interrompit Maigret en
s'installant à califourchon sur une chaise de
paille et en allumant sa pipe. Avec qui tra-
vailles-tu?

— Avec le commissaire Amadieu.

— Continue. »

Maigret, qui tirait doucement sur sa pipe,
faisait de petits yeux et caressait, au-delà du

mur crépi à la chaux et de l'étagère aux casseroles de cuivre, des images qui lui étaient aussi familières. Quai des Orfèvres, le bureau d'Amadieu était le dernier à droite, au fond du couloir. Amadieu lui-même était un homme maigre et triste qui avait été nommé commissaire divisionnaire quand Maigret avait pris sa retraite.

« Il a toujours ses longues moustaches ?

— Toujours. Nous avions hier un mandat d'amener contre Pepito Palestrino, le patron du Floria, rue Fontaine.

— Quel numéro ?

— Le 53, à côté d'un marchand de lunettes.

— De mon temps, c'était le Toréador. Une histoire de cocaïne ?

— De cocaïne d'abord. Puis autre chose aussi. Le patron avait entendu dire que Pepito était dans le coup de Barnabé, le type qui a été descendu place Blanche voilà quinze jours. Vous avez dû lire ça dans les journaux.

— Fais du café ! » dit Maigret à sa femme.

Et, avec le soupir d'aise d'un chien qui se couche enfin après avoir tourné en rond, il appuya les coudes au dossier de sa chaise, posa le menton sur ses mains croisées. De temps en temps, Philippe retirait ses lunettes pour essuyer les verres et, pendant quelques instants, il paraissait aveugle. C'était un grand garçon roux, charnu, à la peau d'un rose de bonbon.

« Vous savez que nous ne faisons plus ce que nous voulons. De votre temps, on n'aurait pas regardé à arrêter Pepito en pleine nuit. Maintenant, il faut observer la loi à la lettre. C'est pourquoi le patron a décidé de procéder à l'arrestation à huit heures du matin. En attendant, j'étais chargé de surveiller l'oiseau... »

Il s'enlisait dans le calme épais de la pièce, puis soudain, avec un sursaut, il retrouvait sa tragédie, regardait autour de lui avec égarement.

Pour Maigret, il se dégageait des quelques phrases prononcées comme des odeurs de Paris. Il imaginait l'enseigne lumineuse du Floria, le portier à l'affût des voitures et son neveu arrivant, le soir, à proximité.

« Enlève ton pardessus, Philippe, intervint Mme Maigret. Tu prendrais froid en sortant. »

Il était en smoking. Cela faisait un drôle d'effet dans la cuisine basse, au plafond à grosses poutres, au sol carrelé de rouge.

« Bois encore un peu... »

Mais Philippe se leva brusquement, étreignit ses propres mains à les briser, en proie à une nouvelle rage.

« Si vous saviez, mon oncle... »

Il avait envie de pleurer et il ne pouvait pas. Son regard tomba encore sur l'ampoule électrique. Il trépigna.

« Je parie que tout à l'heure je serai arrêté ! »

Mme Maigret, qui versait l'eau bouillante sur le café, se retourna, sa casserole à la main.

« Qu'est-ce que tu racontes ? »

Et Maigret fumait toujours, écartait le col à petites broderies rouges de sa chemise de nuit.

« Tu faisais donc une planque en face du Floria...

— Pas en face. Je suis entré, dit Philippe sans se rasseoir. Au fond du cabaret, il y a un petit bureau et Pepito y a installé un lit de camp. C'est là qu'il couche le plus souvent après avoir fermé les portes. »

Une carriole passa sur la route. L'horloge était arrêtée. Maigret regarda sa montre qui pendait à un clou au-dessus de la cheminée et qui marquait quatre heures et demie. Dans les étables, on commençait à traire et des charrettes se dirigeaient vers le marché d'Orléans. Le taxi était toujours sur la route, devant la maison.

« J'ai voulu faire le malin, avoua Philippe. La semaine dernière, le patron m'avait engueulé et m'avait dit... »

Il rougit, se tut, chercha à accrocher son regard à quelque chose.

« Il t'avait dit ?...

— Je ne sais plus...

— Je le sais, moi ! Du moment que c'est Amadieu, il a dû sortir une phrase dans le genre de : « Vous êtes un fantaisiste, monsieur, un fantaisiste comme votre oncle ! »

Philippe ne dit ni oui ni non.

« Bref, j'ai voulu faire le malin, se hâta-t-il de poursuivre. Quand, vers une heure et demie, les clients sont sortis, je me suis caché dans les lavabos. Je pensais que si Pepito avait eu vent de quelque chose, il essaierait peut-être de faire disparaître la camelote. Savez-vous ce qui s'est passé? »

Maigret, plus grave, hocha lentement la tête.

« Pepito était seul. De cela, je suis sûr! Or, à un certain moment, un coup de feu a éclaté. J'ai mis quelques secondes à comprendre, puis encore quelques secondes à courir dans la salle. Elle paraissait plus grande la nuit. Une seule ampoule l'éclairait. Pepito était couché entre deux rangs de tables et en tombant il avait renversé des chaises. Il était mort... »

Maigret se leva, se servit une rasade de marc, tandis que sa femme lui faisait signe de ne pas trop boire.

« C'est tout? »

Philippe marchait de long en large. Et lui qui avait l'élocution plutôt difficile se mit à parler d'abondance, d'une voix sèche et méchante.

« Non, ce n'est pas tout! C'est alors que j'ai fait l'imbécile! J'ai été pris de trac. Je n'étais plus capable de penser. La salle vide était sinistre, comme pleine de grisaille. Des serpentins traînaient par terre et sur les tables. Pepito était couché d'une drôle de façon, sur le côté, la main près de sa blessure, et il avait l'air de me regarder. Que voulez-vous que je vous dise? J'ai sorti mon revolver et j'ai parlé. J'ai crié n'importe quoi et ma voix m'a encore plus effrayé. Partout il y avait des coins d'ombre, des tentures et il me semblait que ça bougeait. J'ai fait un effort. Je suis allé voir. J'ouvrais soudain une porte, où j'arrachais du velours. Au bas, j'ai trouvé le tableau électrique et j'ai voulu faire de la lumière. Je poussais les commutateurs au hasard. Et c'était encore plus affolant. Un projecteur s'éclaira en rouge. Des ventilateurs ronflèrent dans tous les coins.

« — Qui va là? criai-je encore. »

Il se mordit les lèvres. Sa tante le regardait, aussi émue que lui. C'était le fils de sa sœur. Il était né là-bas, en Alsace, et Maigret l'avait fait entrer au quai des Orfèvres.

« J'aimerais mieux le savoir dans une administration », avait dit sa mère.

Et maintenant, il haletait :

« Il ne faut pas m'en vouloir, mon oncle. Je ne sais pas moi-même comment ça s'est fait. C'est à peine si je me souviens. J'ai tiré, en tout cas, parce que je croyais voir bouger quelque chose. Tout à coup, je me précipitais en avant, puis je m'arrêtais. Je croyais entendre des pas, des chuchotements. Et je ne rencontrais que le vide. Jamais je n'aurais cru que la salle était aussi grande et semée d'autant d'obstacles. A la

fin, je me suis trouvé dans le bureau. Il y avait
un revolver sur la table. Je l'ai saisi, machinalement. Le canon était encore chaud. J'ai sorti le
chargeur et j'ai vu qu'il y manquait une balle...

— Imbécile!» grommela Maigret entre ses
dents.

Le café fumait dans les bols et Mme Maigret,
le sucrier à la main, restait là sans savoir ce
qu'elle faisait.

« J'avais tout à fait perdu la raison. J'ai encore
cru entendre du bruit du côté de la porte. J'ai
couru. C'est seulement après que je me suis
aperçu que j'avais une arme dans chaque main.

— Où as-tu mis le revolver? »

La voix de Maigret était dure. Philippe baissa
les yeux.

« Des tas d'idées me passaient par la tête. Si
l'on croyait à un crime, on penserait que,
puisque j'étais seul avec Pepito...

— Mon Dieu! gémit Mme Maigret.

— Cela n'a duré que quelques secondes. J'ai
posé le revolver près de la main du cadavre,
pour faire croire au suicide, puis... »

Maigret se leva, les mains derrière le dos, se
campa devant la cheminée, dans sa pose favo-
rite. Il n'était pas rasé. Il avait un peu grossi
depuis l'époque où il se campait ainsi devant
son poêle du quai des Orfèvres.

« En sortant, tu as rencontré quelqu'un,
n'est-ce pas? »

Il en était sûr.

« Juste au moment de refermer la porte derrière moi, je me suis heurté à un homme qui passait sur le trottoir. J'ai demandé pardon. Nos visages se sont presque touchés. Je ne sais même pas si, après, j'ai vraiment fermé la porte. J'ai marché jusqu'à la place Clichy. J'ai pris un taxi et j'ai donné votre adresse. »

Mme Maigret posa le sucrier sur la table de hêtre et demanda lentement à son mari :

« Quel costume mets-tu? »

Pendant une demi-heure, ce fut le désordre.

On entendait Maigret qui se rasait et s'habillait dans sa chambre. Mme Maigret faisait cuire des œufs et questionnait Philippe.

« Tu as des nouvelles de ta mère?

— Elle va bien. Elle devait venir à Paris pour Pâques. »

On fit entrer le chauffeur qui refusa de quitter son lourd pardessus brun. Des gouttelettes d'eau tremblaient dans ses moustaches. Il s'assit dans un coin et ne bougea plus.

« Mes bretelles? cria Maigret, d'en haut.

— Dans le premier tiroir de la commode. »

On vit descendre un Maigret qui avait mis son manteau à col de velours et son chapeau melon. Il repoussa les œufs qui étaient servis et, malgré sa femme, but un quatrième verre de marc.

Il était cinq heures et demie quand la porte

s'ouvrit et que les trois hommes se dirigèrent vers le taxi. Le moteur fut long à mettre en marche. Mme Maigret grelottait dans l'entre-bâillement de la porte, tandis que la lampe à pétrole faisait danser des lueurs rougeâtres sur les petits carreaux.

On pouvait croire que le jour naissait, tant il faisait clair. Mais on était en février et c'était la nuit elle-même qui était couleur d'argent. Chaque brin d'herbe portait sa goutte de givre. Les pommiers du verger voisin étaient si blancs de gel qu'ils en paraissaient fragiles comme du verre filé.

« A dans deux ou trois jours! » lança Maigret.

Philippe, gêné, cria à son tour :

« Au revoir, tante! »

Le chauffeur referma la portière de la voiture et, pendant les premières minutes, fit grincer ses vitesses.

« Je vous demande pardon, mon oncle...

— Pourquoi? »

Pourquoi? Philippe n'osa pas le dire. Il demandait pardon parce qu'il sentait que ce départ avait quelque chose de dramatique. Il se souvenait de la silhouette de son oncle, tout à l'heure, près de l'âtre, avec sa chemise de nuit, ses vieux vêtements, ses pantoufles.

Et maintenant, il osait à peine le regarder. C'était Maigret, bien sûr, qui était à côté de lui, fumant sa pipe, le col de velours relevé, le chapeau sur le front. Mais ce n'était pas un Maigret enthousiaste. Ce n'était même pas un Maigret sûr de lui. Deux fois il s'était retourné vers sa petite maison qui disparaissait.

« C'est à huit heures qu'Amadieu arrivera rue Fontaine? questionna-t-il.

— A huit heures. »

Ils avaient le temps. Le taxi roulait assez vite. On traversa Orléans où s'ébranlaient les premiers tramways. Moins d'une heure après, on atteignit le marché d'Arpajon.

« Qu'est-ce que vous pensez, mon oncle? »

Des courants d'air les cherchaient dans le fond de la voiture. Le ciel était clair. A l'est, il commençait à se dorer.

« Comment a-t-on pu tuer Pepito? » soupira Philippe qui ne recevait pas de réponse.

On s'arrêta au bout d'Arpajon pour se réchauffer dans un bistrot et presque aussitôt, ce fut le jour, avec un soleil pâle qui s'élevait peu à peu à la limite des champs.

« Il n'y avait que lui et moi dans...

— Tais-toi! » fit Maigret avec lassitude.

Son neveu, avec la mine d'un gamin pris en faute, se tassa dans son coin, n'osant plus détourner son regard de la portière.

On entra dans Paris alors que la fraîche animation du matin commençait. Ce fut le Lion de Belfort, le boulevard Raspail, le Pont-Neuf...

On eût dit que la ville venait d'être lavée à

l'eau claire, tant les couleurs étaient pimpantes. Un train de péniches remontait lentement la Seine et le remorqueur, pour annoncer sa flottille, sifflait en lançant des jets de vapeur immaculée.

« Combien y avait-il de passants rue Fontaine quand tu es sorti ?

— Je n'ai vu que celui que j'ai bousculé. »

Maigret soupira et vida sa pipe en donnant de petits coups sur son talon.

« A quel endroit voulez-vous aller ? » questionna le chauffeur, qui avait ouvert la vitre.

Ils s'arrêtèrent un moment sur le quai pour déposer la valise de Maigret dans un hôtel, puis ils reprirent leur place dans le taxi et se firent conduire rue Fontaine.

« Ce n'est pas tant ce qui s'est passé au Floria qui m'inquiète. C'est cet homme qui t'a heurté.

— Qu'est-ce que vous croyez ?

— Je ne crois rien ! »

C'était une de ses expressions favorites qui remontait du passé au moment même où il se retournait pour apercevoir la silhouette jadis si familière du Palais de Justice.

« Un moment, l'idée m'est venue d'aller tout raconter au grand patron », murmura Philippe.

Maigret ne répondit pas. Et jusqu'à la rue Fontaine il garda dans les yeux la vision de la Seine coulant dans un fin brouillard bleu et or.

Ils s'arrêtèrent à cent mètres du 53. Philippe

releva le col de son pardessus pour cacher son smoking, mais les passants se retournaient néanmoins sur ses souliers vernis.

Il n'était que sept heures moins dix. On lavait les vitres du bistrot du coin, le Tabac Fontaine, qui reste ouvert toute la nuit. Des gens qui allaient à leur travail y avalaient en hâte un café-crème avec un croissant. Un garçon servait un jeune Auvergnat noir de poil, car le patron ne se couchait pas avant cinq ou six heures et se levait à midi. Sur une table traînaient des bouts de cigares et de cigarettes autour d'une ardoise où s'alignaient des points de belote.

Maigret acheta un paquet de gris, demanda un sandwich, tandis que Philippe s'impatientait.

« Qu'y a-t-il eu, cette nuit ? » questionna l'ancien commissaire, la bouche pleine de pain au jambon.

Et, tout en ramassant la monnaie, le garçon répondit sans émotion :

« On dit que le patron du Floria a été tué.

— Palestrino ?

— Je ne sais pas. Moi, je fais le jour. Et le jour on ne s'occupe pas des boîtes. »

Ils sortirent. Philippe n'osait rien dire.

« Tu vois ? » grommela Maigret.

Debout au bord du trottoir, il ajouta :

« C'est le travail de l'homme que tu as bousculé, tu comprends. Logiquement, on ne devrait rien savoir avant huit heures. »

Ils s'avançaient vers le Floria, mais ils s'arrêtèrent à cinquante mètres. On distinguait le
képi d'un sergent de ville devant la porte. Sur
l'autre trottoir, il y avait un rassemblement.

« Que dois-je faire?

— Ton patron est sûrement sur les lieux.
Rejoins-le et dis-lui...

— Mais vous, mon oncle? »

Maigret haussa les épaules, continua :

« ... Dis-lui la vérité...

— Et s'il me demande où je suis allé ensuite?

— Tu répondras que tu es venu me chercher. »

L'accent était résigné. Ils étaient partis du
mauvais pied, voilà tout! C'était une histoire
stupide à faire grincer des dents.

« Je vous demande pardon, mon oncle!

— Pas de scène d'attendrissement dans la
rue! Si l'on te laisse libre, rendez-vous à la
Chope du Pont-Neuf. Au cas où je n'y serais
pas, tu trouverais un mot. »

Ils ne se serrèrent même pas la main.
Philippe fonça en avant vers le Floria, vers le
sergent de ville qui ne le connaissait pas et qui
voulut lui barrer le passage. L'inspecteur dut
montrer sa médaille, disparut à l'intérieur.

Quant à Maigret, les mains dans les poches, il
restait à distance, comme les badauds. Il
attendait. Il attendit presque une demi-heure,

sans rien savoir de ce qui se passait dans la boîte.

Le commissaire Amadieu sortit le premier, suivi d'un petit homme très quelconque qui avait l'air d'un garçon de café.

Et Maigret n'avait pas besoin d'explications. Il savait que c'était le passant qui avait bousculé Philippe. Il devinait la question d'Amadieu.

« C'est bien ici que vous l'avez heurté? »

Signe affirmatif du garçon de café. Geste du commissaire Amadieu pour appeler Philippe qui était resté à l'intérieur et qui se montra, aussi ému qu'un élève du Conservatoire, tout comme si la rue entière eût été au courant des soupçons qui allaient peser sur lui.

« C'est bien Monsieur qui sortait à ce moment? » devait dire Amadieu en tirant sur ses moustaches brunes.

Le garçon de café affirmait toujours.

Il y avait deux autres inspecteurs. Le commissaire divisionnaire regarda sa montre et, après un bref conciliabule, le garçon de café s'éloigna, pénétra dans le bureau de tabac, cependant que les policiers rentraient au Floria.

Un quart d'heure plus tard, deux autos arrivaient coup sur coup. C'était le Parquet.

« Faut que je retourne là-bas pour répéter mes déclarations, confiait le garçon de café au serveur du Tabac Fontaine. Encore un blanc-vichy, en vitesse! »

Et, gêné par le lourd regard de Maigret, qui buvait un bock près de lui, il demanda plus bas :

« Qui est-ce, ce type-là ? »

2

MAIGRET, avec l'application d'un écolier, dessinait un rectangle et, quelque part au milieu de ce rectangle, traçait une petite croix. La tête un peu penchée, il regardait alors son œuvre en faisant la moue. Le rectangle représentait le Floria, et la croix, c'était Pepito. Tout au bout du rectangle, Maigret en indiquait un autre plus petit : le bureau. Et dans ce bureau, enfin, un point figurait le revolver.

Cela ne servait à rien. Cela ne voulait rien dire. L'affaire n'était pas un problème de géométrie. Maigret s'obstinait quand même, roulait son papier en boule, recommençait le dessin sur un autre.

Seulement, il ne pensait plus au sens du rectangle et des croix. La tête inclinée, l'air appliqué, il essayait de saisir par-ci par-là une bribe de phrase, un regard, de surprendre une attitude.

Il était seul à son ancienne place, au fond de

la Chope du Pont-Neuf. Et il était trop tard pour se demander s'il avait eu raison ou tort d'y venir. Tout le monde l'avait vu. Le patron lui avait serré la main.

« Ça va, les poules et les lapins ? »

Maigret était près de la fenêtre et il apercevait le Pont-Neuf tout rose de soleil, le grand escalier du Palais de Justice, la porte du Dépôt. Une serviette blanche sous le bras, le visage épanoui, le patron de la brasserie croyait se faire aimable en ajoutant :

« Alors, content, quoi! On est venu faire un tour pour revoir les camarades! »

Les inspecteurs de la voie publique et des garnis n'avaient pas perdu l'habitude de faire une belote à la Chope avant de se mettre en route. Il y en avait de nouveaux que Maigret ne connaissait pas, mais les autres, après l'avoir salué, avaient parlé bas à leurs collègues.

C'est alors qu'il avait dessiné son premier rectangle, sa première croix. Les heures avaient passé. Au moment de l'apéritif, ils étaient une dizaine de la « maison » dans la salle. Le brave Lucas, qui avait travaillé cent fois avec le commissaire, s'était approché de lui, un peu gêné.

« Comment allez-vous, patron? Vous êtes venu prendre l'air de Paris? »

Et Maigret, entre deux bouffées de fumée, s'était contenté de grogner :

« Qu'est-ce qu'Amadieu raconte ? »

Ce n'était pas la peine de lui mentir. Il voyait bien les têtes et il connaissait assez la P. J. pour deviner ce qui se passait. Il était midi, et Philippe ne s'était pas encore montré à la Chope.

« Vous savez comment il est, le commissaire Amadieu. On a eu quelques ennuis à la boîte, ces derniers temps. Ça ne tire pas fort avec le Parquet. Alors...

— Qu'est-ce qu'il a dit ?

— Que vous étiez ici, bien entendu. Que vous alliez essayer de...

— Je connais son mot : il a dit « faire le malin ».

— Il faut que je parte », balbutia Lucas qui perdait contenance.

Et Maigret commandait un nouveau demi, s'absorbait dans la confection de ses rectangles, cependant qu'on parlait de lui à la plupart des tables.

Il déjeuna à la même place que le soleil avait atteinte. Le photographe de l'Identité Judiciaire mangeait un peu plus loin. En prenant son café, Maigret se répétait, le crayon à la main :

« Pepito était ici, entre deux rangs de tables. L'assassin était caché n'importe où. Ce ne sont pas les cachettes qui manquent. Il a tiré, ignorant la présence de cet idiot de Philippe, puis il s'est dirigé vers le bureau où il voulait prendre quelque chose. Il venait de poser son revolver sur le meuble quand il a entendu du bruit et il s'est caché à nouveau. Dès lors, tous les deux en somme ont joué à cache-cache... »

C'était simple. Inutile de chercher une autre explication. L'assassin avait fini par gagner la porte sans être vu et il avait atteint la rue tandis que Philippe s'attardait.

Jusque-là, rien d'extraordinaire. Le premier imbécile venu en aurait fait autant. Ce qui était plus fort, c'était la suite : l'idée de faire en sorte que quelqu'un reconnût Philippe et témoignât contre lui.

Or, quelques instants plus tard, c'était réalisé. L'assassin avait trouvé son homme, en pleine nuit, dans une rue déserte. Celui-ci bousculait le policier à sa sortie et se précipitait vers le sergent de ville en faction place Blanche.

« Dites donc, monsieur l'agent, je viens de voir un type qui sortait du Floria comme quelqu'un qui a fait un mauvais coup. Il était si pressé qu'il n'a pas pris la peine de refermer la porte. »

Maigret, sans regarder ses collègues qui buvaient des demis dans la salle, devinait que les anciens chuchotaient aux jeunes :

« Tu as entendu parler du commissaire Maigret ? C'est lui! »

Et Amadieu, qui ne l'aimait pas, avait dû

annoncer dans les couloirs de la Police Judiciaire :

« Il va essayer de faire le malin. Mais on
verra! »

A quatre heures, Philippe n'était pas encore
là. Les journaux sortirent de presse avec les
détails sur l'affaire, y compris la confession de
l'inspecteur. Encore un coup d'Amadieu.

Quai des Orfèvres, on s'agitait, on donnait
des coups de téléphone, on compulsait des
dossiers, on entendait des témoins et des
indicateurs.

Maigret en avait les narines frémissantes et il
se tassait sur la banquette, faisait patiemment
des petits dessins du bout de son crayon.

Coûte que coûte, il devait retrouver l'assassin
de Pepito. Or, voilà qu'il n'était pas en train,
qu'il avait peur, qu'il se demandait s'il réussi-
rait. Il guettait les jeunes inspecteurs et il
essayait de savoir ce qu'ils pensaient de lui.

A six heures moins le quart seulement,
Philippe arriva et resta un moment debout
dans la salle, comme ébloui par la lumière. En
s'asseyant près de Maigret, il tenta de sourire,
balbutia :

« Cela a été long! »

Il était si las qu'il se passait la main sur le
front comme pour ramasser ses idées.

« Je sors du Parquet. Le juge d'instruction
m'a interrogé pendant une heure et demie. Il

m'avait d'abord fait attendre deux heures dans le couloir. »

On les observait. Et pendant que Philippe parlait, Maigret regardait les gens en face.

« Vous savez, mon oncle, c'est beaucoup plus grave que nous le pensions. »

Chaque mot pour le commissaire était riche de résonance. Il connaissait le juge Gastambide, un petit Basque méticuleux, méprisant, qui pesait ses mots, préparait pendant plusieurs minutes la phrase qu'il allait prononcer, la laissait tomber enfin avec l'air de dire :

« Qu'est-ce que vous pouvez répondre à cela ? »

Et il connaissait le couloir, là-haut, encombré de prévenus encadrés de gendarmes, les bancs garnis de témoins impatients, de femmes en larmes. Si l'on avait fait attendre Philippe, c'était exprès.

« Le juge m'a prié de ne m'occuper d'aucune affaire, de ne tenter aucune démarche avant la fin de l'instruction. Je dois me considérer comme étant en congé et me tenir à sa disposition. »

La Chope du Pont-Neuf vivait son heure bruyante : celle de l'apéritif du soir. Toutes les tables étaient occupées. La fumée montait des pipes et des cigarettes. De temps en temps un nouveau venu saluait Maigret de loin.

Philippe n'osait regarder personne, pas même son compagnon.

« Je suis désolé, mon oncle.

— Que s'est-il encore passé?

— On croyait, bien entendu, que le Floria allait fermer ses portes, au moins pour quelques jours. Il n'en est rien. Il y a eu aujourd'hui une série de coups de téléphone, d'interventions mystérieuses. Il paraît que le Floria a été vendu il y a deux jours et que Pepito n'en était plus le propriétaire. L'acquéreur a fait jouer je ne sais quelles influences et, ce soir, le cabaret ouvrira comme d'habitude. »

Maigret avait froncé les sourcils. Était-ce à cause de ce qu'il venait d'entendre ou parce que le commissaire Amadieu, accompagné d'un collègue, entrait et s'installait à l'autre bout de la salle?

« Godet! » appela soudain Maigret à voix haute.

Godet était un inspecteur de la Mondaine qui jouait aux cartes trois tables plus loin. Il se retourna, ses cartes à la main, hésita.

« Quand tu auras fini ta partie! »

Et l'ancien commissaire froissait tous ses bouts de papier, les jetait par terre. Il but sa bière d'un trait, s'essuya les lèvres en regardant dans la direction d'Amadieu.

Celui-ci avait entendu. Il observait la scène

de loin, tout en versant de l'eau dans son Pernod. Godet s'avança enfin, intrigué.

« Vous voulez me parler, monsieur le commissaire ?

— Bonjour, vieux ! fit Maigret en lui serrant la main. Un simple renseignement. Tu es toujours à la brigade mondaine ? Bon ! Tu peux me dire si, ce matin, on n'a pas aperçu Cageot dans les bureaux ?

— Attendez. Je crois qu'il est venu vers onze heures.

— Merci, vieux. »

C'était tout ! Maigret regardait Amadieu. Amadieu regardait Maigret. Et maintenant c'était Amadieu qui était mal à l'aise ; c'était Maigret qui réprimait un sourire.

Philippe n'osait pas intervenir. L'affaire venait de monter d'un cran. Le jeu se jouait hors de sa portée et il n'en connaissait même pas les règles.

« Godet ! » appela une voix.

Cette fois, tous ceux qui, dans la salle, appartenaient à la « maison » tressaillirent en regardant l'inspecteur qui se levait à nouveau, ses cartes à la main, et qui se dirigeait vers le commissaire Amadieu.

Il n'y avait pas besoin d'entendre les paroles prononcées. C'était clair. Amadieu disait :

« Qu'est-ce qu'il t'a demandé ?

— Si j'ai vu Cageot ce matin. »

Maigret allumait sa pipe, laissait l'allumette brûler jusqu'à la dernière extrémité, se levait enfin en appelant :

« Garçon ! »

Dressé de toute sa taille, il attendait la monnaie en regardant mollement autour de lui.

« Où allons-nous ? » questionna Philippe quand ils furent dehors.

Maigret se tourna vers lui, comme étonné de le trouver là.

« Toi, tu vas te coucher, dit-il.

— Et vous, mon oncle ? »

Maigret haussa les épaules, enfonça ses mains dans les poches et s'éloigna sans répondre. Il venait de passer une des plus sales journées de sa vie. Des heures durant, dans un coin, il s'était senti vieux et mou, sans ressort, sans idée.

Le décalage s'était produit. Une petite flamme avait jailli. Mais il fallait en profiter tout de suite.

« On verra bien, nom de Dieu ! » grogna-t-il pour achever de se donner confiance.

Les autres jours, à cette heure-là, il lisait son journal, sous la lampe, les jambes allongées vers les bûches.

* * *

« Vous venez souvent à Paris ? »

Maigret, accoudé au bar du Floria, hocha la tête et se contenta de répondre :

« Heu! de temps en temps... »

Sa bonne humeur était revenue, une bonne humeur qui ne se traduisait pas par des sourires, mais par un bien-être intérieur. C'était une faculté qu'il possédait de s'amuser tout seul en dedans, sans rien perdre de sa gravité apparente. Une femme était assise à côté de lui. Elle lui avait demandé de lui offrir un verre et il avait fait un signe d'assentiment.

Jamais, deux ans auparavant, une professionnelle ne s'y serait trompée. Son pardessus à col de velours, son complet noir en serge inusable, sa cravate toute faite ne voulaient rien dire. Si elle le prenait pour un provincial en bombe, c'est qu'il avait changé.

« Il s'est bien passé quelque chose ici, n'est-ce pas? murmura-t-il.

— On a descendu le patron, la nuit dernière. »

Elle se trompait aussi à son regard, qu'elle croyait émoustillé. C'était tellement plus complexe que cela! Maigret retrouvait un monde longtemps quitté. Cette petite femme quelconque, il la connaissait sans la connaître. Il était sûr qu'elle n'était pas régulièrement inscrite sur les registres de la Préfecture et que, sur son passeport, il y avait la mention *artiste* ou *danseuse*. Quant au barman chinois qui les servait, Maigret aurait pu lui réciter sa fiche anthropométrique. La tenancière du vestiaire,

elle, ne s'y était pas trompée et elle l'avait salué
avec inquiétude, en cherchant dans ses souvenirs.

Parmi les garçons, il y en avait au moins deux
que Maigret avait convoqués jadis à son bureau
pour des affaires du même genre que la mort de
Pepito.

Il avait commandé une fine à l'eau. Il
observait vaguement la salle et d'instinct,
comme sur le papier, son regard mettait les
croix à leur place. Des clients qui avaient lu les
journaux s'informaient et les garçons les rensei-
gnaient, montraient l'endroit après la cinquième
table, où l'on avait trouvé le cadavre.

« Vous ne voulez pas que nous prenions une
bouteille de champagne?

— Non, mon petit. »

La femme faillit deviner, fut tout au moins
intriguée, tandis que Maigret suivait des yeux le
nouveau patron, un jeune homme aux cheveux
blonds qu'il avait connu gérant d'un dancing de
Montparnasse.

« Vous me reconduirez chez moi?

— Mais oui! Tout à l'heure. »

En attendant, il se rendit aux lavabos, devina
la place où Philippe s'était caché. Au fond de la
salle, il entrevit le bureau dont la porte était à
demi ouverte. Mais c'était sans intérêt. Le
décor, il le connaissait avant de remettre les
pieds rue Fontaine. Les acteurs aussi. Il pou-

vait, en faisant le tour de la salle, désigner chaque personne en disant :

« A cette table, ce sont des jeunes mariés du Midi qui font la bombe. Ce bonhomme déjà ivre est un Allemand qui finira la nuit sans son portefeuille. Plus loin, le danseur mondain a un casier judiciaire et des sachets de cocaïne dans ses poches. Il est de mèche avec le maître d'hôtel, qui a fait trois ans de prison. La brune grassouillette a passé dix ans au Maxim's et finit sa carrière à Montmartre... »

Il revint au bar.

« Je peux prendre un autre cocktail? demanda la femme à qui il avait déjà offert une consommation.

— Comment t'appelle-t-on?

— Fernande.

— Qu'est-ce que tu as fait, hier au soir?

— J'étais avec trois jeunes gens, des garçons de bonne famille qui voulaient prendre , de l'éther. Ils m'ont emmenée dans un hôtel de la rue Notre-Dame-de-Lorette... »

Maigret ne sourit pas, mais il eût pu continuer le récit.

« On était d'abord entré chacun à son tour à la pharmacie de la rue Montmartre et chacun avait acheté un petit flacon d'éther. Je ne savais pas au juste comment ça allait se passer. On s'est déshabillé. Mais ils ne m'ont même pas regardée. On s'est couché tous les quatre sur le lit. Quand ils ont eu respiré l'éther, il y en a un qui s'est levé en disant avec une drôle de voix :

« — Oh! mais il y a des anges sur l'armoire... Comme ils sont gentils!... Je vais les attraper... »

« Il a voulu se lever et il est tombé sur la carpette. Moi, l'odeur me faisait tourner le cœur. Je leur ai demandé si c'était tout ce qu'ils me voulaient et je me suis rhabillée. Il a quand même fallu que je rigole. Entre deux têtes, sur l'oreiller, il y avait une punaise. Et j'entends encore la voix d'un des types qui disait comme en rêve :

« — J'ai une punaise devant mon nez!

« — Moi aussi! soupira l'autre.

« Et ils ne bougeaient pas. Ils louchaient tous les deux. »

Elle avala son cocktail d'un trait, décréta :

« Des piqués! »

Elle commençait pourtant à s'inquiéter.

« Tu me gardes pour la nuit, dis?

— Mais oui! Mais oui! » répliqua Maigret.

Un rideau séparait le bar de l'entrée où se trouvait le vestiaire. De sa place, Maigret pouvait voir, par la fente du rideau. Soudain il descendit de son tabouret et fit quelques pas. Un homme venait d'arriver, qui avait murmuré à l'adresse de la préposée au vestiaire :

« Rien de nouveau?

— Bonjour, monsieur Cageot! »

C'était Maigret qui parlait, les mains dans les poches de son veston, la pipe à la bouche. Son interlocuteur, qui lui tournait le dos, fit lentement demi-tour, le regarda des pieds à la tête, grommela :

« Vous êtes là, vous ! »

Ils avaient derrière eux un rideau rouge et de la musique, devant la porte ouverte sur la rue froide où déambulait le portier. Le nommé Cageot hésitait à retirer son pardessus.

Fernande, qui n'était pas rassurée, montra le bout du nez, mais se retira aussitôt.

« Vous prenez une bouteille ? »

Cageot avait enfin pris une décision et remettait son manteau au vestiaire, tout en observant Maigret.

« Si vous voulez », accepta celui-ci.

Le maître d'hôtel se précipita pour les conduire à une table libre. Sans regarder la carte des vins le nouveau venu grogna :

« Mumm 26 ! »

Il n'était pas en tenue de soirée, mais portait un complet gris sombre aussi mal coupé que celui de Maigret. Il n'était même pas rasé de frais et ses joues étaient envahies d'une barbe grisâtre.

« Je vous croyais à la retraite ?

— Moi aussi ! »

Cela ne voulait rien dire en apparence et pourtant Cageot fronça les sourcils, fit un geste pour appeler la jeune fille chargée des cigares et des cigarettes. Au bar, Fernande ouvrait de grands yeux. Quant au jeune Albert, qui jouait le rôle de patron de la boîte, il se demandait s'il devait ou non s'avancer.

« Un cigare ?

— Merci, dit Maigret en débourrant sa pipe.

— Vous êtes à Paris pour longtemps ?

— Jusqu'à ce que l'assassin de Pepito soit en prison. »

Ils n'élevaient pas la voix. A côté d'eux, des gens en smoking s'amusaient à se lancer des balles de coton et des serpentins. Le saxophoniste promenait gravement son instrument entre les tables.

« Ils vous ont rappelé pour cette affaire-là ? »

Germain Cageot avait un long visage terne, des sourcils broussailleux d'un gris de moisissure. C'était le dernier homme qu'on se fût attendu à rencontrer dans un endroit où l'on s'amuse. Il parlait lentement, froidement, épiait l'effet de chaque mot.

« Je suis venu sans être appelé.

— Vous travaillez pour votre compte ?

— Vous l'avez dit. »

Cela n'avait l'air de rien. Fernande elle-même devait penser que c'était par le plus grand des hasards que son compagnon connaissait Cageot.

« Depuis quand avez-vous acheté la boîte ?

— Le Floria? Vous faites erreur. C'est à Albert.

— Comme c'était à Pepito. »

Cageot ne nia pas, se contenta d'un sourire sans gaieté et arrêta le geste du garçon qui voulait lui servir du champagne.

« Et à part ça? questionna-t-il du ton de quelqu'un qui cherche un sujet de conversation.

— Quel est votre alibi? »

Il y eut un nouveau sourire, plus neutre encore, et Cageot récita sans broncher :

« Je me suis couché à neuf heures du soir. J'avais un peu de grippe. La concierge, qui me sert de femme de ménage, m'a monté un grog et me l'a servi au lit. »

Ils ne faisaient attention ni l'un ni l'autre au vacarme qui les enveloppait comme un mur. Ils y étaient habitués. Maigret fumait sa pipe, l'autre un cigare.

« Toujours à l'eau de Pougues? questionna l'ancien commissaire comme son interlocuteur lui versait du champagne.

— Toujours. »

Ils étaient face à face comme des augures, graves, un peu renfrognés, et une petite femme, qui ne savait pas, essayait, d'une table voisine, de leur lancer des balles de coton sur le nez.

« Vous avez eu tôt fait d'obtenir la réouverture! remarqua Maigret entre deux bouffées de fumée.

— Je suis toujours assez bien dans la « maison ».

— Vous savez qu'il y a un gamin qui s'est bêtement compromis dans l'affaire ?

— J'ai lu quelque chose comme ça dans les journaux. Un petit policier qui était caché dans les lavabos et qui, pris de frousse, a tué Pepito. »

Le jazz enchaînait. Un Anglais, d'autant plus raide qu'il était ivre, passa près de Maigret en murmurant :

« Pardon.

— Je vous en prie. »

Et Fernande, du bar, le regardait avec des yeux inquiets. Maigret lui sourit.

« Les jeunes policiers sont imprudents, soupira Cageot.

— C'est ce que j'ai dit à mon neveu.

— Votre neveu s'intéresse à ces questions ?

— C'est justement le gamin qui était caché dans les lavabos. »

Cageot ne pouvait pas pâlir, car il avait toujours le teint crayeux. Mais il s'empressa de boire une gorgée d'eau minérale, puis de s'essuyer la bouche.

« Tant pis, n'est-ce pas ?

— C'est bien ce que je lui ai dit. »

Fernande, du menton, montra l'horloge qui marquait une heure et demie. Maigret lui fit signe qu'il arrivait.

« A votre santé, dit Cageot.

— A la vôtre.

— C'est gentil, chez vous, à la campagne ?
Car on m'a dit que vous étiez à la campagne.

— C'est gentil, oui.

— A Paris, l'hiver est malsain.

— J'ai pensé la même chose en apprenant la
mort de Pepito.

— Laissez ça, je vous prie », protesta Cageot,
comme son compagnon ouvrait son portefeuille.

Maigret n'en mit pas moins cinquante francs
sur la table et, debout, laissa tomber :

« A bientôt ! »

Il ne fit que passer devant le bar, souffla à
Fernande :

« Viens.

— Tu as payé ? »

Dans la rue, elle hésitait à lui prendre le bras.
Il avait comme toujours les mains dans les
poches et il marchait à grands pas lents.

« Tu connais Cageot ? questionna-t-elle enfin,
après avoir buté sur le *tu*.

— Il est de mon pays.

— Tu sais ! Faut te méfier. C'est un type pas
régulier. Je te dis ça parce que tu as l'air d'un
brave homme.

— Tu as couché avec lui ? »

Alors Fernande, qui faisait deux pas pour un
pas de l'homme, de répliquer aussi simplement :

« Il ne couche pas ! »

Mme Maigret dormait, à Meung, dans la maison qui sentait le bois brûlé et le lait de chèvre. Philippe avait fini par s'endormir aussi, dans sa chambre d'hôtel de la rue des Dames, près de la table de nuit où il avait posé ses lunettes.

MAIGRET s'était assis au bord du lit, tandis que Fernande, les jambes croisées, poussait un soupir d'aise en retirant ses chaussures. Avec le même naturel, elle releva sa robe de soie verte pour détacher les jarretelles qui retenaient ses bas.

« Tu ne te déshabilles pas? »

Maigret fit non de la tête et elle n'y prit pas garde, car elle passait sa robe par-dessus sa tête.

L'appartement de Fernande était un petit appartement de la rue Blanche. L'escalier, garni d'un tapis rouge, sentait l'encaustique. Quand Maigret l'avait gravi, des bouteilles à lait vides attendaient devant toutes les portes. Ils avaient traversé ensuite un salon encombré de bibelots et maintenant Maigret entrevoyait une cuisine très propre où tous·les objets étaient rangés avec un soin méticuleux.

« A quoi penses-tu? demanda Fernande qui, en enlevant ses bas, découvrait des jambes

longues et blanches, puis regardait ses doigts de
pied avec intérêt.

— A rien. Je peux fumer ?

— Il y a des cigarettes sur la table. »

Maigret, la pipe aux dents, marchait de long
en large, s'arrêtait devant le portrait agrandi
d'une femme de cinquante ans, puis devant un
pot de cuivre qui contenait une plante verte. Le
plancher était ciré et l'on remarquait près de la
porte deux morceaux de feutre en forme de
semelle dont Fernande devait se servir pour
circuler sans salir.

« Tu es du Nord ? dit-il sans la regarder.

— A quoi vois-tu ça ? »

Il se campa enfin devant elle. Elle avait les
cheveux d'un blond indécis, tirant sur le roux,
un visage irrégulier, à la bouche longue, au nez
pointu marqué de taches de son.

« Je suis de Roubaix. »

Cela se sentait, à la façon dont l'appartement
était arrangé et astiqué, à l'ordre surtout qui
régnait dans la cuisine. Maigret était sûr que le
matin Fernande s'y installait, près du fourneau,
et buvait un immense bol de café tout en lisant
le journal.

Maintenant, elle regardait son compagnon
avec une pointe d'inquiétude.

« Tu ne te déshabilles pas ? » répéta-t-elle en
se levant et en s'approchant du miroir.

Puis aussitôt, soupçonneuse :

« Pourquoi es-tu venu ? »

Elle pressentait quelque chose d'anormal. Son esprit travaillait.

« Je ne suis pas venu pour ça, tu as raison », avoua Maigret en souriant.

Il sourit davantage en la voyant saisir une robe de chambre comme si elle eût été prise d'une pudeur soudaine.

« Alors, qu'est-ce que tu veux ? »

Elle ne devinait pas. Elle avait pourtant l'habitude de classer les hommes. Elle examinait les souliers, la cravate, les yeux de son visiteur.

« Tu n'es pourtant pas de la police ?

— Assieds-toi. Nous allons bavarder comme de bons camarades. Tu ne te trompes pas tout à fait, car j'ai été longtemps commissaire à la Police Judiciaire. »

Elle fronça les sourcils.

« N'aie pas peur ! Je n'y suis plus ! Je suis retiré à la campagne et, si je suis à Paris aujourd'hui, c'est parce que Cageot a fait une saleté.

— C'est pour ça !... dit-elle pour elle-même en évoquant les deux hommes attablés dans des attitudes si étranges.

— J'ai besoin d'en avoir la preuve et il y a des gens que je ne peux pas aller questionner. »

Elle ne le tutoya plus.

« Vous voulez que je vous aide ? C'est ça ?

— Tu as deviné. Tu sais aussi bien que moi, n'est-ce pas, qu'au Floria c'est crapule et compagnie ? »

Elle soupira en signe d'assentiment.

« Le vrai patron, c'est Cageot, qui a aussi le Pélican et la Boule-Verte.

— Il paraît qu'il a ouvert quelque chose à Nice aussi. »

Ils avaient fini par s'asseoir chacun d'un côté de la table et Fernande questionna :

« Vous ne voulez pas boire quelque chose de chaud ?

— Pas maintenant. Tu as entendu parler de l'histoire de la place Blanche, il y a quinze jours. Une auto passait, avec trois ou quatre hommes dedans, vers trois heures du matin. Entre la place Blanche et la place Clichy, la portière s'est ouverte et l'un des hommes a été lancé sur la chaussée. Il venait d'être tué d'un coup de couteau.

— Barnabé ! précisa Fernande.

— Tu le connaissais ?

— Il venait au Floria.

— Eh bien, c'était un coup de Cageot. Je ne sais pas s'il était lui-même dans la voiture, mais Pepito en était. Et la nuit dernière, c'était son tour. »

Elle ne dit rien. Elle réfléchissait, le front plissé, et, telle quelle, elle avait l'air d'une ménagère quelconque.

« Qu'est-ce que ça peut vous faire ? objecta-t-elle enfin.

— Si je n'ai pas la peau de Cageot, c'est un neveu à moi qui sera condamné à sa place.

— Le grand rouquin qui ressemble à un employé des contributions ? »

C'était au tour de Maigret de s'étonner.

« Comment le connais-tu ?

— Voilà deux ou trois jours qu'il vient au bar du Floria. Je l'avais repéré, parce qu'il ne dansait pas et ne parlait à personne. Hier, il m'a payé un verre. J'ai essayé de lui tirer les vers du nez et il a avoué sans avouer, m'a expliqué en bafouillant qu'il ne pouvait rien me dire mais qu'il remplissait une mission importante.

— Le crétin ! »

Maigret se leva et alla droit au but.

« Alors, c'est entendu ? Il y a deux mille francs pour toi si tu m'aides à posséder Cageot. »

Elle souriait malgré elle. Cela l'amusait.

« Qu'est-ce que je devrai faire ?

— Pour commencer, j'ai besoin de savoir si, la nuit dernière, notre Cageot n'a pas mis les pieds au Tabac Fontaine.

— J'y vais cette nuit ?

— Tout de suite si tu veux. »

Elle retira son peignoir et, sa robe à la main, regarda un instant Maigret.

« Je me rhabille vraiment ?

— Mais oui », soupira-t-il en mettant cent francs sur la cheminée.

Ils remontèrent ensemble la rue Blanche. Au coin de la rue de Douai, ils se séparèrent après une poignée de main et Maigret descendit la rue Notre-Dame-de-Lorette. En arrivant à son hôtel, il se surprit à siffloter.

★
★ ★

A dix heures du matin, il était installé à la Chope du Pont-Neuf et il avait choisi une table que le soleil atteignait par intermittence, car les passants l'interceptaient à un rythme régulier. Il y avait déjà du printemps dans l'air. La vie de la rue était plus allègre, les bruits plus aigus.

Quai des Orfèvres, c'était l'heure du rapport. Au bout du long couloir où s'alignent les bureaux, le directeur de la P. J. recevait ses collaborateurs qui apportaient des dossiers. Le commissaire Amadieu était parmi ses collègues. Maigret devinait la voix du grand patron.

« Alors, Amadieu, cette affaire Palestrino ? »

Amadieu se penchait, tiraillait ses moustaches, esquissait un sourire aimable.

« Voici les rapports, monsieur le directeur.

— C'est vrai que Maigret est à Paris ?

— On le dit.

— Mais alors, pourquoi diable ne vient-il pas me voir ? »

Maigret souriait. Il était sûr que cela se

passait ainsi. Il voyait la longue tête d'Amadieu devenir plus longue encore. Il l'entendait insinuer :

« Il a peut-être ses raisons.

— Vous croyez vraiment que l'inspecteur a tiré ?

— Je n'affirme rien, monsieur le directeur. Tout ce que je sais, c'est que le revolver porte ses empreintes. On a retrouvé une seconde balle dans le mur.

— Mais pourquoi aurait-il fait ça ?

— L'affolement... On nous donne comme inspecteurs des jeunes gens qui ne sont pas préparés à... »

Philippe entrait justement à la Chope du Pont-Neuf et marchait droit vers son oncle qui demanda :

« Que prends-tu ?

— Un café-crème. J'ai pu me procurer tout ce que vous m'avez demandé, mais cela n'a pas été facile. Le commissaire Amadieu me tient à l'œil ! Les autres me regardent avec méfiance. »

Il essuya les verres de ses lunettes et tira des papiers de sa poche.

« D'abord Cageot. Je suis allé aux Sommiers et j'ai copié sa fiche. Il est né à Pontoise et il a maintenant cinquante-neuf ans. Il a débuté comme clerc d'avoué à Lyon et il a été condamné à un an pour faux et usage de faux. Trois ans plus tard, il prend six mois pour tentative d'escroquerie à l'assurance. C'est à Marseille.

« Je perds sa trace pendant quelques années, mais je la retrouve à Monte-Carlo, où il est croupier. Dès ce moment, il sert d'indicateur à la Sûreté générale, ce qui ne l'empêche pas d'être compromis dans une affaire de jeu qui n'a jamais été éclaircie.

« Enfin, il y a cinq ans, à Paris, il est gérant du Cercle de l'Est qui n'est qu'un tripot. On ne tarde pas à fermer le cercle, mais Cageot n'est pas inquiété. C'est tout ! Depuis lors, il vit rue des Batignolles, dans un logement où il n'a qu'une femme de ménage. Il continue à faire des visites à la rue des Saussaies et au quai des Orfèvres. Trois boîtes de nuit au moins lui appartiennent, mais sont gérées par ses hommes de paille.

— Pepito ? prononça Maigret, qui avait pris des notes.

— Vingt-neuf ans. Né à Naples. Deux fois expulsé de France pour trafic de stupéfiants. Pas d'autres délits.

— Barnabé ?

— Né à Marseille. Trente-deux ans. Trois condamnations dont une pour complicité de vol à main armée.

— On a retrouvé la camelote, au Floria ?

— Rien. Ni drogue ni papiers. L'assassin de Pepito a tout emporté.

— Comment s'appelle le type qui t'a bousculé et qui a alerté la police?

— Joseph Audiat. C'est un ancien garçon de café qui s'occupe des courses. Il n'a pas de domicile fixe et se fait adresser sa correspondance au Tabac Fontaine. Je crois qu'il ramasse les paris.

— A propos, dit Maigret, j'ai rencontré ton amie.

— Mon amie? répéta Philippe en rougissant.

— Une grande fille en robe de soie verte à qui tu as offert à boire au Floria. Nous avons presque couché ensemble.

— Moi pas! affirma Philippe. Si elle vous a dit le contraire... »

Lucas, qui venait d'entrer, hésitait à s'approcher. Maigret lui fit signe de venir.

« Tu t'occupes de l'affaire?

— Pas précisément, patron. Je voulais seulement vous signaler, en passant, que Cageot est à nouveau dans la maison. Il est arrivé voilà un quart d'heure et s'est enfermé avec le commissaire Amadieu.

— Tu prends un demi? »

Lucas bourra sa pipe à la blague de Maigret. C'était l'heure où les garçons faisaient le *mastic*, frottant les glaces au blanc d'Espagne, semant de la sciure de bois entre les tables. Le patron, déjà en veston noir, passait en revue les hors-d'œuvre rangés sur une desserte.

« Vous croyez que c'est Cageot? questionna Lucas en baissant la voix et en tendant la main vers son demi.

— J'en suis certain.

— Ce n'est pas gai! »

Philippe évitait d'intervenir, regardait avec respect ses compagnons qui avaient travaillé ensemble pendant vingt ans et qui, de temps en temps, entre deux bouffées de pipe, laissaient tomber quelques syllabes.

« Il vous a vu, patron?

— Je suis allé lui dire que j'aurai sa peau. Garçon! Encore deux demis!

— Il n'avouera jamais. »

Les camions de la Samaritaine passaient derrière les vitres, tout jaunes dans le soleil. De longs tramways les poursuivaient en sonnaillant.

« Qu'est-ce que vous comptez faire? »

Maigret haussa les épaules. Il n'en savait rien. Ses petits yeux, par-delà l'agitation de la rue, par-delà la Seine, fixaient le Palais de Justice. Philippe jouait avec son crayon.

« Il faut que je file! soupira le brigadier Lucas. Je dois enquêter sur un garçon de la rue Saint-Antoine, une espèce de Polonais qui a joué quelques drôles de tours. Vous serez là cet après-midi?

— Probablement. »

Maigret se leva aussi. Philippe s'inquiéta :

« Je vais avec vous?

« — J'aime autant pas. Retourne quai des Orfèvres. Nous nous retrouverons ici pour déjeuner. »

Il prit l'autobus et une demi-heure plus tard il montait chez Fernande. Elle fut quelques minutes avant de lui ouvrir, car elle était encore couchée. La chambre était inondée de soleil. Les draps du lit défait étaient éclatants.

« Déjà! s'étonna Fernande en tenant son pyjama croisé sur sa poitrine. Je dormais! Attendez un instant. »

Elle passa dans la cuisine, alluma le réchaud à gaz et remplit une casserole d'eau sans s'interrompre de parler.

« Je suis allée au Tabac, comme vous me l'avez demandé. Ils ne se méfient pas de moi, évidemment. Vous savez que le patron est en même temps tôlier à Avignon?

— Va toujours.

— Il y avait une table où l'on jouait à la belote. Moi, je faisais celle qui a traîné toute la nuit et qui est fatiguée.

— Tu n'as pas remarqué un petit brun, nommé Joseph Audiat?

— Attendez! Il y avait un Joseph, en tout cas. Il racontait qu'il avait passé l'après-midi chez un juge d'instruction. Mais vous savez comment ça va. On joue. Belote! Rebelote! A toi, Pierre... Puis on dit une phrase... Quelqu'un répond du comptoir... Passe!... Repasse!... A toi, Marcel !... Le patron jouait aussi... Il y avait un nègre...

« — Tu prends quelque chose ? m'a demandé un grand brun en me désignant une chaise près de lui.

« Je n'ai pas dit non. Il me montrait son jeu.

« — En tout cas, disait celui qu'ils appelaient Joseph, moi, je trouve ça dangereux de mettre un flic dedans. Demain, ils doivent encore me confronter avec lui. Il a une bonne bille d'idiot, bien sûr...

« — Atout cœur !

« — Quatrième haute ! »

Fernande s'interrompit.

« Vous prendrez bien une tasse de café aussi ? »

Et déjà l'odeur du café emplissait les trois pièces.

« Moi, vous comprenez, je ne pouvais pas leur parler tout à coup de Cageot. Je leur ai dit :

« — Alors, comme ça, vous êtes ici tous les soirs ?

« — Ça en a l'air..., a répondu mon voisin.

« — Et vous n'avez rien entendu, la nuit dernière ? »

Maigret, débarrassé de son manteau et de son chapeau, avait entrouvert la fenêtre, livrant la pièce à la rumeur de la rue. Fernande poursuivait :

« Il m'a répondu en me lançant un drôle de regard :

« — Tiens ! T'es une vicieuse, toi ? »

« Je voyais qu'il s'allumait. Tout en jouant, il me caressait le genou. Et il continuait :

« — Nous autres, on n'entend jamais rien, tu comprends ? A part Joseph, qui a vu ce qu'il devait voir. »

« Là-dessus, ils ont éclaté de rire. Qu'est-ce que je pouvais faire ? Je n'osais pas retirer ma jambe.

« — Encore pique ! Tierce haute et belote !

« — C'est tout de même un type ! dit alors Joseph qui buvait un grog.

« Mais celui qui me caressait a toussoté avant de grogner :

« — J'aimerais autant qu'il aille moins souvent voir les roussins. Vous pigez ? »

Maigret vivait la scène. Il aurait presque pu mettre un nom sur chaque visage. Que le patron du tabac tînt une maison close à Avignon, il le savait. Et le grand brun devait être le propriétaire du Cupidon, de Béziers, et d'une maison de Nîmes. Quant au nègre, il appartenait à un jazz des environs.

« Ils n'ont pas cité de nom ? demanda Maigret à Fernande qui remuait son café.

— Pas de nom. Deux ou trois fois, ils ont dit *le Notaire*. J'ai pensé que c'était Cageot. Il a bien l'air d'un notaire qui a mal tourné.

« Mais attendez! Je n'ai pas fini! Vous n'avez pas faim? Il devait être trois heures. On entendait les volets qu'on tirait au Floria. Mon voisin, qui me massait toujours le genou, commençait à m'énerver. C'est alors que la porte s'est ouverte et que Cageot est entré, en touchant le bord de son chapeau, mais sans dire bonjour à la ronde.

« Personne n'a levé la tête. On sentait qu'ils étaient tous à le regarder en dessous. Le patron s'est précipité derrière son comptoir.

« — Donne-moi six *voltigeurs* et une boîte de suédoises, a dit le Notaire.

« Le petit Joseph ne bronchait pas. Il contemplait le fond de son grog. Cageot, lui, allumait un *voltigeur,* rangeait les autres dans la poche de son veston, cherchait un billet dans son portefeuille. On aurait entendu voler une mouche.

« Faut dire que le silence ne le gênait pas. Il s'est retourné, a regardé tout le monde, tranquillement, froidement, puis il a encore touché son chapeau et il est parti. »

Le pyjama, tandis que Fernande trempait son pain beurré dans le café, s'était écarté et laissait voir un sein pointu.

Elle devait avoir vingt-sept ou vingt-huit ans, mais elle avait un corps de gamine et les tétons étaient d'un rose pâle, à peine formés.

« Ils n'ont rien dit; ensuite? questionna Mai-

gret en réglant malgré lui le réchaud à gaz sur
lequel une bouilloire d'eau commençait à chan-
ter.

— Ils se sont regardés. Ils ont échangé des
œillades. Le patron a repris sa place en soupi-
rant.

— C'est tout?

— Joseph, qui avait l'air gêné, a expliqué :

« — Vous savez, ce n'est pas qu'il soit fier! »

La rue Blanche, à cette heure, était quasi
provinciale. On entendait résonner les pas des
chevaux attelés à un lourd camion de brasseur.

« Les autres ont ricané, ajouta Fernande.
Celui qui me pelotait la jambe a grogné :

« — Ce n'est pas qu'il soit fier, non! Mais il
est assez malin pour nous mettre tous dedans.
Je vous dis que j'aimerais mieux qu'il n'aille pas
tous les jours au quai des Orfèvres! »

Fernande avait fait son récit en s'appliquant à
ne rien oublier.

« Tu es rentrée aussitôt?

— Ce n'était pas possible. »

Cela n'eut pas l'air de faire plaisir à Maigret.

« Oh! se hâta-t-elle d'ajouter, je ne l'ai pas
ramené ici. Ces gens-là, il vaut mieux ne pas
leur montrer qu'on a quelques bibelots à soi. Il
ne m'a laissée partir qu'à cinq heures. »

Elle se leva et alla aspirer l'air frais devant la
fenêtre.

« Qu'est-ce que je dois faire, maintenant? »

Maigret se promenait, préoccupé.

« Comment s'appelle-t-il, ton miché?

— Eugène. Sur son étui à cigarettes, il y a deux initiales en or : E. B.

— Tu peux encore aller cette nuit au Tabac Fontaine?

— Si c'est nécessaire.

— Occupe-toi surtout de celui qui s'appelle Joseph, le petit qui a alerté la police.

— Il ne faisait pas attention à moi.

— Je ne te demande pas ça. Écoute bien tout ce qu'il dit.

— Maintenant, si vous permettez, il faut que je fasse mon ménage », dit Fernande en nouant un mouchoir sur ses cheveux.

Ils se serrèrent la main. Et en descendant l'escalier, Maigret ne se doutait pas que la nuit même il y aurait une rafle à Montmartre, que les agents viseraient en particulier le Tabac Fontaine et qu'ils emmèneraient Fernande au Dépôt.

Cageot, lui, le savait.

« Il faut que je vous signale une demi-douzaine de femmes qui ne sont pas en règle », disait-il à la même heure au chef de la brigade des Mœurs.

Fernande surtout, qui dut prendre place dans le panier à salade!

4

QUAND on frappa à la porte, Maigret, qui venait de se raser, nettoyait son rasoir. Il était neuf heures du matin. Depuis huit heures, il était éveillé; mais, chose qui lui arrivait rarement, il était resté longtemps au lit, à regarder les rayons obliques du soleil, à écouter les bruits de la ville.

« Entrez! » cria-t-il.

Et il but une gorgée de café froid qui stagnait au fond de sa tasse. Les pas de Philippe hésitèrent dans la chambre, gagnèrent enfin le cabinet de toilette.

« Bonjour, fiston.

— Bonjour, mon oncle. »

Rien qu'à la voix, Maigret comprit que cela allait mal. Il boutonna sa chemise, leva la tête vers son neveu qui avait les paupières rouges, les ailes du nez tuméfiées comme un enfant qui a pleuré.

« Qu'arrive-t-il?

— On m'arrête! »

Philippe disait cela sur le même ton, avec la même attitude qu'il eût annoncé :

« On me fusille dans cinq minutes. »

En même temps, il tendait un journal sur lequel, en continuant de s'habiller, Maigret jeta les yeux :

« Malgré les dénégations de l'inspecteur Philippe Lauer, le juge d'instruction Gastambide aurait décidé de le mettre dès ce matin en état d'arrestation. »

« *Excelsior* publie ma photographie en première page », ajouta tragiquement Philippe.

Son oncle ne dit rien. Il n'y avait rien à dire. Les bretelles sur les cuisses, les pieds nus dans ses pantoufles, il allait et venait dans le soleil, à la recherche de sa pipe, puis de son tabac et enfin d'une boîte d'allumettes.

« Tu n'es pas passé là-bas ce matin?

— J'arrive de la rue des Dames. J'ai lu le journal en prenant mon café et mon croissant boulevard des Batignolles. »

C'était un matin unique. L'air était vif, le soleil joyeux, le grouillement de Paris aussi intense et aussi allègre qu'un ballet échevelé. Maigret entrouvrit la fenêtre, et la chambre vécut les mêmes pulsations que les quais, tandis qu'éclatait de lumière la lente coulée de la Seine.

« Eh bien, il faut y aller, mon garçon! Que veux-tu que je te dise, moi? »

Il ne voulait quand même pas s'attendrir sur ce gamin qui avait renié sa fraîche vallée des Vosges pour les couloirs de la Police Judiciaire!

« Bien sûr que tu ne seras pas gâté comme chez toi! »

Sa mère était la sœur de Mme Maigret, c'était tout dire. Sa maison n'était pas une maison, mais une vraie couveuse : « Philippe va rentrer... Philippe aura faim... A-t-on repassé les chemises de Philippe?... »

Et des petits plats mijotés, des crèmes, des liqueurs faites à la maison! Et des brins de lavande dans l'armoire à linge!

« Il y a encore autre chose, dit Philippe tandis que son oncle ajustait son faux col. Cette nuit, je suis allé au Floria.

— Naturellement!

— Pourquoi naturellement?

— Parce que je t'avais recommandé de ne pas y aller. Quelle bêtise as-tu faite?

— Aucune. J'ai bavardé avec cette fille, Fernande, vous savez. Elle m'a laissé entendre qu'elle travaillait avec vous et qu'elle avait je ne sais quelle mission à remplir au Tabac du coin de la rue de Douai. Comme je sortais, je l'ai suivie, machinalement. C'était mon chemin. Or, en quittant le Tabac, elle a été apostrophée par des inspecteurs des Mœurs qui l'ont fait monter dans le panier à salade.

— Tu es intervenu, je parie! »

Philippe baissa la tête.

« Que t'ont-ils répondu?

— Qu'ils savaient bien ce qu'ils faisaient.

— File maintenant, soupira Maigret qui cherchait sa cravate. Ne te fais pas de bile. »

Il lui mit les mains sur les épaules, l'embrassa sur les deux joues et, pour couper court à la scène, feignit soudain d'être très occupé. Quand la porte se fut ouverte et refermée, seulement, il releva la tête, fit le dos rond, grommela des syllabes confuses.

Son premier soin, une fois sur les quais, fut d'acheter *Excelsior* à un kiosque et de regarder la photographie qui figurait, en effet, en première page avec la légende:

L'inspecteur Philippe Lauer, accusé d'avoir tué Pepito Palestrino, qu'il était chargé de surveiller.

Maigret marchait lentement sur le Pont-Neuf. La veille au soir, il n'avait pas mis les pieds au Floria, mais il était allé rôder, rue des Batignolles, autour de la maison de Cageot. C'était un immeuble de rapport, vieux de cinquante ans, comme la plupart des immeubles du quartier. Le corridor et l'escalier étaient mal éclairés. On devinait des appartements tristes et sombres, des fenêtres aux rideaux sales, des meubles au velours fané.

L'appartement de Cageot était à l'entresol. A cette heure, il était vide et Maigret avait pénétré dans la maison, comme un familier des lieux, était monté jusqu'au quatrième puis était redescendu.

Il y avait une serrure de sûreté à la porte du Notaire, sinon le commissaire se fût peut-être laissé tenter. Lorsqu'il passa devant la loge, la concierge, qui avait le visage collé à la vitre, l'observa longuement.

Qu'est-ce que cela pouvait faire? Maigret traversa à pied presque tout Paris, les mains dans les poches, à mâcher et remâcher les mêmes idées.

Il y avait quelque part, au Tabac Fontaine ou ailleurs, un noyau d'irréguliers qui faisaient tranquillement leurs petites affaires en marge des lois. Pepito en était. Barnabé aussi.

Et Cageot, qui était le grand patron, les supprimait ou les faisait supprimer l'un après l'autre.

Simple règlement de comptes! La police s'en serait à peine occupée si cet animal de Philippe...

Maigret était arrivé quai des Orfèvres. Deux inspecteurs qui sortaient le saluèrent sans cacher leur étonnement et il franchit le porche, traversa la cour, passa devant la brigade des garnis.

Là-haut, c'était l'heure du rapport. Dans le

vaste couloir, cinquante inspecteurs formaient des groupes, discutaient à voix haute, se transmettaient des renseignements et des fiches. Parfois la porte d'un bureau s'ouvrait. On criait un nom et l'interpellé allait aux ordres.

Quand Maigret parut, il y eut quelques secondes de silence et de gêne. Mais il traversa les groupes avec tant de naturel que les inspecteurs, par contenance, reprirent aussitôt leurs conciliabules.

A droite, meublé de fauteuils de velours rouge, s'ouvrait le salon d'attente du directeur. Un seul visiteur attendait, assis dans un coin : c'était Philippe qui, le menton dans la main, regardait fixement devant lui.

Maigret s'éloigna dans la direction contraire, gagna le fond du couloir, frappa à la dernière porte.

« Entrez ! » prononça-t-on à l'intérieur.

Et tout le monde le vit pénétrer, le chapeau sur la tête, dans le bureau du commissaire Amadieu.

« Bonjour, Maigret.

— Bonjour, Amadieu. »

Ils se touchèrent le bout des doigts comme jadis, quand ils se voyaient tous les matins. Amadieu fit signe à un inspecteur de sortir, puis murmura :

« Vous voulez me parler ? »

D'un mouvement familier, Maigret s'assit au bord du bureau, prit des allumettes sur la table pour allumer sa pipe.

Son collègue avait reculé son fauteuil, s'était renversé en arrière.

« Ça va, à la campagne ?

— Merci. Et ici ?

— Toujours la même chose. Je dois voir le patron dans cinq minutes. »

Maigret feignit de ne pas comprendre ce que ça voulait dire, déboutonna son pardessus, sans se presser. Il était là comme chez lui et ce bureau, en effet, avait été le sien pendant dix ans.

« Vous êtes ennuyé pour votre neveu ? attaqua Amadieu qui était incapable de se taire plus longtemps. Je tiens à vous dire que je le suis plus que vous. C'est moi qui ai pris le savon. Et vous savez que c'est allé loin. Le ministre lui-même a envoyé une note au patron. Au point que maintenant je n'ai plus rien à dire. C'est le juge d'instruction qui dirige tout. Gastambide était déjà là de votre temps, je crois ? »

La sonnerie du téléphone tinta. Amadieu porta le récepteur à l'oreille, murmura :

« ... Oui, monsieur le directeur... Bien, monsieur le directeur... Dans quelques minutes... Je ne suis justement pas seul... Oui... C'est cela... »

Maigret connaissait l'objet de cette conversation. On venait, à l'autre bout du couloir, d'introduire Philippe chez le chef.

« Vous avez quelque chose à me demander ? fit Amadieu en se levant. Vous avez entendu. Le patron m'appelle.

— Deux ou trois petites questions. D'abord, Cageot savait-il qu'il était question d'arrêter Pepito ?

— Je ne sais pas. D'ailleurs, je ne vois pas l'importance.

— Pardon. Je connais Cageot. Je sais quel rôle il joue dans la maison. Je sais aussi que parfois on ne se cache pas des indicateurs. Est-il venu ici deux ou trois jours avant le drame ?

— Je pense. Oui, je me rappelle...

— Une autre question : connaissez-vous l'adresse de Joseph Audiat, ce garçon de café qui passait rue Fontaine juste à point pour bousculer Philippe ?

— Il couche à l'hôtel, rue Lepic, si je ne me trompe.

— Avez-vous bien vérifié l'alibi de Cageot ? »

Amadieu feignit de sourire.

« Écoutez, Maigret, je connais quand même mon métier ! »

Ce n'était pourtant pas fini. Maigret avait repéré sur le bureau une chemise de carton jaune, à en-tête du service des Mœurs.

« C'est déjà le rapport sur l'arrestation de Fernande Bosquet ? »

Amadieu regarda ailleurs, faillit peut-être s'expliquer franchement avec son interlocuteur, mais, la main sur le bouton de la porte, se contenta de murmurer enfin :

« Que voulez-vous dire?

— Je veux dire que Cageot a fait arrêter une fille par le service des Mœurs. Où est-elle à cette heure-ci?

— Je ne sais pas.

— Vous permettez que je jette un coup d'œil sur le dossier? »

Il était difficile de refuser. Maigret se pencha, lut quelques lignes, conclut :

« Elle doit être pour le moment à l'anthropométrie... »

La sonnerie du téléphone retentit à nouveau. Amadieu fit un geste.

« Je m'excuse, mais...

— Je sais. Le patron vous attend. »

Maigret boutonna son pardessus et sortit du bureau en même temps que le commissaire. Au lieu de s'engager dans l'escalier, il marcha avec lui jusqu'à la salle d'attente aux fauteuils rouges.

« Voulez-vous demander au patron s'il peut me recevoir? »

Amadieu poussa une porte matelassée. Le garçon de bureau disparut, lui aussi, dans le bureau du directeur de la P. J. où Philippe avait été introduit. Maigret attendit, debout, le chapeau à la main.

« Le directeur est très occupé et vous demande de revenir dans le courant de l'après-midi. »

Maigret fit demi-tour, traversa à nouveau les groupes des inspecteurs. Ses traits s'étaient un peu durcis, mais il voulait sourire, il souriait, d'un sourire sans gaieté.

**

Il ne regagna pas la rue, mais s'engagea dans des couloirs étroits, dans des escaliers tortueux qui donnaient accès aux combles du Palais de Justice. Il arriva ainsi devant les locaux de l'anthropométrie dont il poussa la porte. La visite des femmes était terminée. Une cinquantaine d'hommes, arrêtés au cours de la nuit, se déshabillaient dans une pièce peinte en gris et entassaient leurs vêtements sur des bancs.

Une fois nus, ils pénétraient tour à tour dans la pièce voisine où des employés en blouse noire prenaient leurs empreintes, installaient les individus sur la chaise anthropométrique et criaient leurs mensurations comme des vendeurs de grands magasins annoncent un débit à la caisse.

Cela sentait la sueur et la crasse. La plupart des hommes, ahuris, plus ou moins empêtrés de leur nudité, se laissaient pousser d'un coin à un autre, esquissaient d'autant plus gauchement les gestes qu'on leur commandait que beaucoup ignoraient le français.

Maigret, cordial, serrait la main des employés et entendait les phrases inévitables :

« Vous êtes venu faire un tour? Ça va, à la campagne? Ce que cela doit être épatant, par ce temps-ci! »

La lampe au néon éclairait crûment une petite pièce où le photographe opérait.

« Il y a eu beaucoup de femmes, ce matin?

— Sept.

— Vous avez les fiches? »

Elles traînaient sur une table, car on ne les avait pas encore classées. La troisième était celle de Fernande, avec l'empreinte des cinq doigts, une signature maladroite, un portrait d'un réalisme terrible.

« Elle n'a rien dit? Elle n'a pas pleuré?

— Non. Elle a été bien docile.

— Vous savez où on l'a conduite?

— J'ignore si on l'a relâchée ou si on lui fera faire quelques jours à Saint-Lazare... »

Le regard de Maigret errait sur les hommes nus qui se tenaient en rang comme à la caserne. Il porta la main à son chapeau, prononça :

« Au revoir!

— Vous partez déjà? »

Il était même dans l'escalier, où il n'y avait pas une marche qu'il n'eût foulée mille fois. Un autre escalier, à gauche, plus étroit que le premier, conduisait au laboratoire dont il connaissait les moindres recoins, les moindres fioles.

Il se retrouva au second étage, que la foule des inspecteurs venait de quitter. Des visiteurs commençaient à prendre place devant les portes, des gens qu'on avait convoqués, ou qui venaient spontanément se plaindre, ou encore qui avaient une révélation à faire.

Il avait passé, lui Maigret, la plus grande partie de sa vie dans cette ambiance et voilà que tout à coup il regardait autour de lui avec une sorte d'écœurement.

Philippe était-il toujours dans le bureau du patron? Vraisemblablement non! A cette heure, il était arrêté et deux de ses collègues le conduisaient au cabinet du juge d'instruction!

Que lui avait-on dit, derrière la porte matelassée? Avait-on eu la franchise de lui parler nettement?

« Vous avez commis une imprudence. Il y a de tels indices contre vous que le public ne comprendrait pas que vous restiez en liberté. Mais nous allons nous employer à découvrir la vérité. Vous restez des nôtres. »

On n'avait pas dû lui dire cela. Maigret croyait entendre le patron — mal à l'aise en attendant Amadieu — grommeler entre deux toussotements :

« Inspecteur, je n'ai vraiment pas lieu de me féliciter de vous. Vous êtes entré ici plus facilement que quiconque, grâce à la protection de votre oncle. Vous êtes-vous rendu digne de cette faveur ? »

Et Amadieu avait renchéri :

« Dès à présent, vous êtes entre les mains du juge d'instruction. Avec la meilleure volonté du monde, nous ne pouvons rien pour vous. »

Pourtant, cet Amadieu, avec sa longue tête pâle et ses moustaches brunes qu'il passait son temps à effiler, n'était pas un méchant homme. Il avait une femme, trois enfants, dont une fille qu'il voulait doter. De tout temps, il s'était cru entouré de conspirations. Il était persuadé que chacun en voulait à sa place et ne cherchait qu'à le compromettre.

Quant au grand patron, il atteindrait dans deux ans la limite d'âge et jusque-là il fallait éviter les histoires.

Cette histoire-ci, c'était une vulgaire histoire du milieu, c'est-à-dire du travail courant. Allait-on risquer des complications en couvrant un jeune inspecteur qui s'était fourvoyé et qui, par-dessus le marché, était le neveu de Maigret ?

Que Cageot fût une crapule, tous le savaient. Il ne le cachait pas lui-même. Il mangeait à tous les râteliers. Et, quand il vendait quelqu'un à la police, c'est que ce quelqu'un avait cessé de lui être utile.

Seulement, Cageot était une crapule dangereuse. Il avait des amis, des relations. Il savait surtout se défendre. On l'aurait un jour, évidemment. On le tenait à l'œil. On avait même contrôlé son alibi et l'enquête se poursuivrait honnêtement.

Mais il ne fallait pas faire de zèle! Il ne fallait surtout pas de Maigret, avec sa manie de mettre les pieds dans le plat.

Il avait atteint la petite cour pavée où de pauvres gens attendaient devant le tribunal des enfants. En dépit du soleil, il faisait frais et dans l'ombre, entre les pavés, subsistait de la poussière de givre.

« Crétin de Philippe! » gronda Maigret qui en devenait malade d'écœurement.

Car il savait bien qu'il tournait en rond comme un cheval de cirque. Il ne s'agissait pas d'avoir une idée de génie; en matière de police, les idées de génie ne servent à rien. Il ne s'agissait pas non plus de découvrir une piste sensationnelle ni un indice ayant échappé à tous les regards.

C'était plus simple et plus brutal. Cageot avait tué ou fait tuer Pepito. Ce qu'il fallait, c'était amener Cageot à dire enfin :

« C'est vrai! »

Maigret errait maintenant sur les quais, près

du bateau-lavoir; il n'avait pas le droit de faire comparaître le Notaire dans un bureau, de l'y enfermer pendant quelques heures ni de lui répéter cent fois la même question, de le bousculer au besoin pour lui casser les nerfs.

Il ne pouvait pas non plus convoquer le garçon de café, le patron du Tabac, les autres qui, chaque soir, jouaient à la belote à cent mètres du Floria.

A peine s'était-il servi de Fernande qu'on la lui avait littéralement confisquée.

Il atteignit la Chope du Pont-Neuf dont il poussa la porte vitrée, serra la main de Lucas assis près du comptoir.

« Ça va, patron? »

Lucas l'appelait toujours patron, lui, en souvenir du temps où ils travaillaient ensemble.

« Mal! riposta Maigret.

— C'est difficile, n'est-ce pas? »

Ce n'était pas difficile. C'était d'un tragique sans grandeur.

« Je vieillis! Peut-être est-ce l'effet de la campagne?

— Qu'est-ce que vous buvez?

— Un Pernod, tiens! »

Il dit cela comme il eût lancé un défi. Il se souvenait qu'il avait promis d'écrire à sa femme et il n'en avait pas le courage.

« Je ne peux pas vous aider? »

Lucas était un curieux bonhomme, toujours mal habillé, mal bâti par surcroît, qui n'avait ni femme ni famille. Maigret laissait errer son regard sur la salle qui commençait à se remplir et il dut plisser les paupières quand il se tourna vers la vitre inondée de soleil.

« Tu as déjà travaillé avec Philippe?

— Deux ou trois fois.

— Il était très désagréable?

— Il y en a qui lui en voulaient parce qu'il ne disait pas grand-chose. Vous savez, c'est un timide. Ils l'ont bouclé?

— A ta santé. »

Lucas s'inquiétait de voir Maigret si fermé.

« Qu'allez-vous faire, patron?

— Je peux bien te le dire, à toi. Je vais faire *tout* ce qu'il faudra. Tu comprends? Il vaut mieux que quelqu'un le sache. Comme cela, s'il arrivait quelque chose... »

Il s'essuya la bouche du revers de la main, tapota la table avec une pièce de monnaie pour appeler le garçon.

« Laissez ça! C'est ma tournée.

— Si tu veux. On boira la mienne quand ce sera fini. Au revoir, Lucas.

— Au revoir, patron. »

La main de Lucas s'attarda une seconde dans la main rugueuse de Maigret.

« Prenez garde quand même, dites! »

Et Maigret, debout, de prononcer à voix haute :

« J'ai horreur des couillons ! »

Il s'éloigna tout seul, à pied. Il avait le temps, puisqu'il ne savait même pas où il allait.

5

QUAND Maigret poussa la porte du Tabac Fontaine, vers une heure et demie, le patron du bar, qui venait de se lever, descendait lentement un escalier en colimaçon qui s'amorçait dans l'arrière-salle.

Il était moins grand, mais aussi large et aussi épais que le commissaire. A cet instant, il sentait encore le cabinet de toilette ; ses cheveux étaient imbibés d'eau de Cologne et il gardait des traces de talc sous le lobe des oreilles. Il ne portait ni veston ni faux col. Sa chemise était d'un blanc éclatant, légèrement empesée, maintenue par un bouton de col à bascule.

Arrivé derrière le comptoir, il repoussa le garçon d'un geste négligent de la main, saisit une bouteille de vin blanc, un verre, mélangea au vin de l'eau minérale et, la tête renversée en arrière, se gargarisa.

A cette heure-là, il n'y avait guère que des clients de passage qui venaient boire en hâte un café. Seul, Maigret s'était assis près de la fenêtre, mais le patron, sans le voir, ajustait un tablier bleu et se tournait vers une fille blonde qui tenait la caisse et s'occupait du débit de tabac.

Il ne lui parla pas plus qu'au garçon, ouvrit la caisse enregistreuse, consulta un carnet et s'étira enfin, définitivement réveillé. Sa journée commençait et la première chose qu'il aperçut en faisant l'inspection de son domaine, ce fut Maigret qui le regardait placidement.

Ils ne s'étaient jamais rencontrés. Le patron n'en fronça pas moins les sourcils, qu'il avait épais et noirs. On devinait qu'il fouillait dans sa mémoire, ne trouvait rien et se renfrognait. Il ne prévoyait pas, pourtant, que la présence de son client placide allait durer douze heures entières !

Le premier soin de Maigret fut de s'approcher de la caisse et de dire à la jeune fille :

« Vous avez un jeton de téléphone ? »

La cabine se trouvait dans l'angle droit du café. Elle n'était fermée que par une porte à vitre dépolie et Maigret, qui sentait le patron aux aguets, manœuvra violemment l'appareil afin de faire vibrer les déclics. Mais en même temps, de l'autre main qui tenait un canif, il coupait le fil à l'endroit où il entrait dans le plancher, de telle sorte qu'on ne pût apercevoir la solution de continuité.

« Allô!... Allô!... » criait-il.

Il sortit avec la mine d'un homme excédé.

« Votre téléphone est détraqué? »

Le patron regarda la caissière qui s'étonna :

« Il marchait encore il y a quelques minutes. Lucien a téléphoné pour des croissants. N'est-ce pas, Lucien?

— Voilà à peine un quart d'heure », confirma le garçon.

Le patron n'était pas encore soupçonneux, mais il n'en observait pas moins Maigret à la dérobée. Il entra dans la cabine, essaya d'obtenir la communication, s'entêta pendant dix bonnes minutes sans apercevoir le fil coupé.

Maigret, impassible, avait repris sa place et commandé un demi. Il faisait provision de patience. Il savait, lui, qu'il en avait pour des heures à rester assis sur cette même chaise, devant ce guéridon de faux acajou avec le spectacle du bar en étain et de la caisse vitrée où la jeune fille vendait du tabac et des cigarettes.

En sortant de la cabine, le patron referma la porte d'un coup de pied, marcha jusqu'au seuil du café, renifla un moment l'air de la rue. Il était tout près de Maigret, qui ne le quittait pas des yeux, et, sentant enfin ce regard accroché à lui, il se retourna vivement.

Le commissaire ne sourcilla pas. Comme un client qui va s'en aller, il avait gardé son pardessus et son chapeau.

« Lucien ! File à côté téléphoner pour qu'on vienne réparer l'appareil. »

Le garçon sortit en courant, sa serviette sale à la main, et le patron servit lui-même deux maçons qui entraient, funambulesques sous une couche presque régulière de plâtre.

Les doutes du bistrot durèrent peut-être dix minutes encore. Quand Lucien annonça que le monteur ne viendrait que le lendemain, le patron se tourna à nouveau vers Maigret et murmura entre ses dents :

« Salaud ! »

Cela pouvait s'appliquer au monteur absent, mais une bonne partie de l'injure n'en était pas moins adressée au consommateur en qui l'homme reconnaissait enfin un policier.

Il était deux heures et demie et ce fut le prologue d'une comédie interminable qui échappa à tout le monde. Le patron s'appelait Louis. Des clients qui le connaissaient venaient lui serrer la main, échangeaient quelques mots avec lui. Louis servait rarement lui-même. La plupart du temps, il se tenait en retrait derrière le comptoir, entre le garçon et la jeune fille aux cigarettes.

Et, par-dessus les têtes, il épiait Maigret. Il ne se gênait pas plus que celui-ci se gênait. Cela aurait pu être cocasse, car ils étaient gros tous les deux, et larges, et lourds, et ils jouaient à qui ne broncherait pas.

Ils n'étaient pas plus bêtes l'un que l'autre non plus. Louis savait très bien ce qu'il faisait quand, de temps en temps, il lançait un coup d'œil vers la porte vitrée, avec la crainte de voir arriver certaine personne.

A cette heure, la rue Fontaine vivait la vie banale d'une rue quelconque de Paris. En face du bar, il y avait une épicerie italienne où des ménagères des environs venaient faire leur marché.

« Garçon! Un calvados. »

La caissière était aussi molle que blonde et regardait Maigret avec un étonnement croissant. Quant au garçon, il avait flairé quelque chose, il ne savait quoi au juste, et il adressait parfois un clin d'œil au patron.

Il était un peu plus de trois heures quand une grosse voiture à carrosserie claire s'arrêta au bord du trottoir. Un homme grand et brun, encore jeune, la joue blanche marquée d'une balafre, en descendit et pénétra dans le bar, tendit la main par-dessus le zinc.

« Salut, Louis.

— Salut, Eugène. »

Maigret voyait Louis de face et le nouveau venu dans la glace.

« Une menthe à l'eau, Lucien. En vitesse! »

C'était un des joueurs de belote, sans doute le tenancier d'une maison de Béziers dont Fernande avait parlé. Il portait du linge de soie et

ses vêtements étaient bien coupés. Lui aussi
répandait un léger parfum.

« T'as-vu le... »

Il ne continua pas sa phrase. Lucien lui avait
fait comprendre que quelqu'un écoutait et
soudain Eugène regardait, lui aussi, Maigret par
le truchement du miroir.

« Hum! Un siphon glace, Lucien. »

Il prit une cigarette dans un étui à initiales,
l'alluma à l'aide d'un briquet.

« Beau temps, hein! »

C'était le patron qui parlait, ironique, en
observant toujours Maigret.

« Beau temps, oui. Mais il règne une drôle
d'odeur, chez toi.

— Quelle odeur?

— Ça sent le roussi. »

Ils rirent aux éclats tous les deux, tandis que
Maigret aspirait mollement la fumée de sa pipe.

« A tout à l'heure? » demanda Eugène en
tendant à nouveau la main.

Il voulait savoir si l'on se réunirait comme
d'habitude.

« A tout à l'heure. »

Cette conversation avait mis Louis en verve,
car il saisit un torchon sale et s'approcha de
Maigret avec un sourire en coin.

« Vous permettez? »

Il essuya le guéridon avec tant de maladresse

qu'il renversa le verre dont le contenu coula sur le pantalon du commissaire.

« Lucien! Apporte un autre verre à ce monsieur. »

Et, en guise d'excuse :

« Vous savez, ce sera le même prix! »

Maigret souriait vaguement, lui aussi.

★[★]★

A cinq heures, on alluma les lampes, mais il faisait encore assez clair dehors pour distinguer les clients au moment où ils traversaient le trottoir et tendaient la main vers le bec-de-cane.

Quand Joseph Audiat arriva de la sorte, Louis et Maigret se regardèrent, comme d'un commun accord, et dès lors ce fut un peu comme s'ils eussent échangé de longues confidences. Il n'y avait pas besoin de parler du Floria, ni de Pepito, ni de Cageot.

Maigret savait, et l'autre savait qu'il savait.

« Salut, Louis! »

Audiat était un petit homme tout habillé de noir, le nez légèrement de travers, les prunelles très mobiles. Arrivé au comptoir, il tendit la main à la caissière en disant :

« Bonjour, ma belle enfant. »

Puis à Lucien :

« Un petit Pernod, jeune homme. »

Il parlait beaucoup. Il avait toujours l'air

d'un acteur en représentation. Mais Maigret n'eut pas besoin de l'observer longtemps pour deviner sous ces apparences un fond d'inquiétude. D'ailleurs, Audiat avait un tic. Dès que le sourire disparaissait de ses lèvres, il le reconstituait automatiquement d'un effort.

« Encore personne d'arrivé? »

Le café était vide. Il n'y avait que deux clients debout au bar.

« Eugène est passé. »

Le patron recommençait la scène qu'il avait déjà jouée, désignait Maigret à Audiat. Celui-ci, moins diplomate qu'Eugène, se retourna d'un mouvement vif, regarda Maigret dans les yeux, cracha par terre.

« A part ça?... dit-il alors.

— Rien. Tu as gagné?

— Des nèfles! On m'avait donné un tuyau qui a crevé. Dans la troisième, où j'avais des chances, le cheval rate le départ. Donne-moi un paquet de gauloises, belle enfant. »

Il ne tenait pas en place, passait d'une jambe sur l'autre, agitait les bras, la tête.

« On peut téléphoner?

— Impossible. Monsieur, là-bas, a démoli l'appareil. »

Nouveau regard de Louis à Maigret.

C'était la lutte avouée. Audiat n'était pas rassuré. Il avait peur de faire une gaffe, car il ignorait ce qui s'était passé avant son arrivée.

« On se voit ce soir?

— Comme d'habitude! »

Le garçon de café but son Pernod et s'en alla. Louis, lui, s'installa à la table voisine de celle de Maigret, où on lui servit un repas chaud que le garçon avait préparé sur le réchaud de l'office.

« Garçon! appela le commissaire.

— Voilà! Neuf francs soixante-quinze...

— Apportez-moi deux sandwiches au jambon et un demi. »

Louis mangeait une choucroute réchauffée, garnie de deux saucisses appétissantes.

« Il reste du jambon, monsieur Louis?

— Il doit y en avoir un vieux morceau dans la glacière. »

Il mangeait bruyamment, en exagérant la vulgarité de ses gestes. On servit à Maigret deux sandwiches secs et ratatinés, mais il feignit de ne pas s'en apercevoir.

« Garçon! de la moutarde...

— Il n'y en a pas. »

Les deux heures qui suivirent furent plus rapides, car le bar était envahi par des passants qui prenaient l'apéritif. Le patron daignait servir lui-même. La porte s'ouvrait et se refermait sans cesse, envoyant chaque fois à Maigret un courant d'air froid.

Car il commençait à geler. Pendant quelque temps, les autobus qui passaient furent bondés, avec des gens juchés sur le marchepied. Puis, petit à petit, la rue se vida. A la rumeur de sept heures du soir succéda un calme inattendu qui préludait à l'agitation si différente de la soirée.

L'heure la plus pénible fut de huit à neuf. Il n'y avait plus personne. Le garçon mangeait à son tour. La caissière blonde avait été remplacée par une femme d'une quarantaine d'années qui commença à trier et à empiler toutes les pièces du tiroir-caisse. Louis était monté dans sa chambre, et quand il revint, il avait mis une cravate et passé un veston.

Joseph Audiat apparut le premier, quelques minutes après neuf heures, chercha Maigret du regard, se dirigea vers Louis.

« Ça va?

— Ça va. Il n'y a pas de raison pour que ça n'aille pas, n'est-il pas vrai? »

Mais Louis n'avait pas son allant de l'après-midi. Fatigué, il ne regardait plus Maigret avec la même assurance. Et Maigret lui-même n'était-il pas envahi par une certaine lassitude? Il avait dû boire de tout : de la bière, du café, du calvados, de l'eau de Vittel. Sept ou huit soucoupes s'entassaient sur le guéridon et il devait boire encore.

« Tiens! Voilà Eugène et son copain. »

La voiture bleu pâle s'était à nouveau rangée le long du trottoir et deux hommes entrèrent dans le bar, Eugène d'abord, habillé comme l'après-midi, puis un homme plus jeune, un peu timide, qui souriait à tout le monde.

« Et Oscar?

— Il va sûrement venir. »

Eugène fit un clin d'œil en désignant Maigret, rapprocha deux guéridons et prit lui-même le tapis rouge et les jetons dans un casier.

« On commence? »

Chacun en somme jouait la comédie. Mais c'étaient Eugène et le patron qui menaient le jeu. Eugène surtout, qui arrivait tout frais, au combat. Il avait des dents éblouissantes, un enjouement qui n'était pas feint, et les femmes devaient être folles de lui.

« Ce soir, au moins, on verra clair! dit-il.

— Pourquoi? questionna Audiat qui, dès lors, devait toujours retarder sur les autres.

— Parce qu'on a une fameuse chandelle, tiens! »

La chandelle, c'était Maigret qui fumait sa pipe à moins d'un mètre des joueurs.

Louis, d'un geste rituel, prit l'ardoise et la craie. C'était lui qui avait l'habitude de marquer. Il traça les colonnes, les initiales des partenaires.

« Qu'est-ce que vous prenez? » demanda le garçon.

Eugène fit de petits yeux, regarda le verre de calvados de Maigret et répondit :

« Comme Monsieur! »

— Un Vittel-fraise », fit Audiat, mal à son aise.

Le quatrième avait l'accent marseillais et ne devait être à Paris que depuis peu de temps. Il calquait son attitude sur celle d'Eugène pour qui il semblait avoir une profonde admiration.

« La chasse n'est pas fermée, dis donc, Louis ? »

Cette fois, Louis lui-même ne comprit pas.

« Est-ce que je sais ? Pourquoi demandes-tu ça ?

— Parce que je pensais à des lapins. »

C'était encore à Maigret que cela s'adressait. L'explication vint aussitôt, cependant que les cartes étaient distribuées et que chacun les disposait en éventail dans sa main gauche.

« Je suis allé voir le monsieur, tout à l'heure. »

Il fallait traduire :

« Je suis allé avertir Cageot. »

Audiat leva vivement la tête.

« Qu'a-t-il dit ? »

Louis fronçait les sourcils, trouvant sans doute qu'on allait trop loin.

« Il se marre ! Paraît qu'il est en pays de connaissance et qu'il prépare une petite fête.

— Atout carreau... Tierce haute... C'est bon ?

— Quatrième. »

On sentait qu'Eugène, surexcité, ne pensait pas au jeu, mais ruminait de nouvelles saillies.

« Les gens de Paris, murmura-t-il soudain, vont passer leurs vacances à la campagne, par exemple dans la Loire. Le rigolo, c'est que les gens de la Loire viennent passer leurs vacances à Paris. »

Ça y était enfin! Il n'avait pas résisté au désir de faire savoir à Maigret qu'il était au courant de tout. Et Maigret fumait toujours sa pipe, réchauffait son calvados dans le creux de sa main avant d'en boire une gorgée.

« Fais attention à ton jeu, riposta Louis qui regardait de temps en temps la porte avec inquiétude.

— Atout... Et ratatout. Vingt de belote et dix de dernière... »

Un personnage entra, qui avait l'air d'un petit boutiquier de Montmartre, vint s'asseoir sans rien dire entre Eugène et son compagnon marseillais, un peu en retrait, et, toujours silencieux, serra la main de chacun.

« Ça va? » demanda Louis.

Le nouveau venu ouvrit la bouche et il n'en sortit qu'un filet de voix. Il était aphone.

« Ça va!

— T'as pigé? lui cria Eugène dans l'oreille, ce qui indiquait que l'homme était sourd par surcroît.

— Pigé quoi? » fit la voix fluette.

On dut lui écraser le pied par-dessous la table. Enfin le regard du sourd atteignit Maigret, s'arrêta un bon moment. Il esquissa un sourire.

« J'ai compris.

— Atout trèfle... Je passe...

— Passe... »

La rue Fontaine avait recommencé à vivre. Les enseignes lumineuses s'étaient allumées et les portiers avaient pris leur place sur les trottoirs. Celui du Floria vint chercher des cigarettes sans qu'on s'occupât de lui.

« Atout cœur... »

Maigret avait chaud. Tout son corps s'était ankylosé, mais il n'en laissait rien paraître et l'expression de son visage restait la même que quand, à une heure et demie, il avait pris sa faction.

« Dis donc! lança soudain Eugène à son voisin qui entendait mal et que Maigret avait reconnu pour le patron d'une maison close de la rue de Provence. Comment appelles-tu un serrurier qui ne fait plus de serrures? »

Le comique de cette conversation venait du fait qu'Eugène devait crier, tandis que l'autre répondait d'une voix angélique :

« Un serrurier qui...? Je ne sais pas...

— Moi, je l'appelle un rien du tout. »

Il joua, ramassa, joua encore.

« Et un flic qui ne fait plus le flic? »

Son voisin avait compris. Son visage s'éclaira

de joie et sa voix fut plus fluette que jamais pour articuler :

« Un rien du tout ! »

Alors tout le monde éclata de rire, même Audiat, dont le rire fut bref. Quelque chose l'empêchait de se livrer à la joie générale. On le sentait inquiet, malgré la présence de ses amis. Et ce n'était pas seulement Maigret qui en était la cause.

« Léon ! cria-t-il au garçon de nuit. Donne-moi une fine à l'eau.

— Tu te mets à la fine, maintenant ? »

Eugène avait remarqué qu'Audiat flanchait et il l'observait avec sévérité.

« Vaudrait peut-être mieux que tu n'exagères pas.

— Exagérer quoi ?

— Combien as-tu pris de Pernod avant de dîner ?

— Merde ! répliqua Audiat, buté.

— Du calme, mes enfants, intervint Louis. Atout pique ! »

A minuit, leur gaieté était plus factice. Maigret était toujours immobile, la pipe aux dents, le pardessus sur le dos. Il semblait faire partie du mobilier. Mieux : il faisait partie du mur. Seul son regard vivait et allait lentement de l'un à l'autre des joueurs.

Audiat avait bronché le premier, mais le

sourd ne tarda pas à manifester une certaine impatience, et il finit par se lever.

« Je dois aller à un enterrement demain. Il est temps que je me couche.

— Va-t'en et crève! » fit Eugène à mi-voix, sûr de n'être pas entendu.

Il disait cela comme il eût dit autre chose, pour se maintenir en forme.

« Re-belote... Et atout... Et encore atout. Passez vos cartes... »

Audiat, malgré les regards qu'on lui lançait, avait bu trois fines à l'eau et ses traits s'étaient burinés, il était devenu pâle avec des moiteurs au front.

« Où vas-tu?

— Je file aussi », dit-il en se levant.

Il avait mal au cœur, cela se voyait. Il avait bu sa troisième fine pour se remonter, mais elle l'avait achevé. Louis et Eugène se regardèrent.

« Tu as l'air d'une serviette », laissa enfin tomber ce dernier.

Il était un peu plus d'une heure. Maigret prépara sa monnaie qu'il posa sur le guéridon. Eugène poussa Audiat dans un coin et lui parla à voix basse, mais avec véhémence. Audiat résistait. Il finit pourtant par se laisser convaincre.

« A demain! fit-il alors, la main sur la poignée de la porte.

— Garçon! Combien? »

Les soucoupes s'entrechoquèrent. Maigret boutonnait son pardessus, bourrait une nouvelle pipe et l'allumait à l'allumeur à gaz qui se trouvait près du comptoir.

« Bonsoir, messieurs. »

Il sortit, se repéra sur le bruit des pas d'Audiat. Quant à Eugène, il passa derrière le comptoir, comme pour dire quelque chose au patron. Louis, qui avait compris, ouvrit discrètement un tiroir. Eugène y plongea la main, la mit ensuite dans sa poche et se dirigea vers la porte en compagnie du Marseillais.

« A tout à l'heure ! » dit-il au moment de pénétrer dans la nuit.

6

RUE Fontaine, il y avait les lumières des boîtes de nuit, les portiers, les chauffeurs des voitures qui stationnaient. Ce n'est qu'après la place Blanche, quand on prit, à droite, le boulevard de Rochechouart, que la situation se dessina.

Joseph Audiat marchait devant, d'une démarche irrégulière, fébrile, sans jamais se retourner.

Vingt mètres derrière lui, Maigret, énorme, les mains dans les poches, faisait de grandes et calmes enjambées.

Dans le silence de la nuit, les pas d'Audiat et de Maigret se répondaient, ceux d'Audiat plus rapides, ceux de Maigret plus puissants et plus graves.

Derrière eux venait enfin le ronronnement de l'auto d'Eugène. Car Eugène et le Marseillais avaient pris place dans la voiture. Ils la conduisaient lentement, au pas, en longeant le bord du trottoir et en essayant, eux aussi, de garder leur distance. Parfois ils devaient changer de vitesse pour maintenir leur allure. Parfois aussi, brusquement, ils faisaient quelques mètres, d'un bond, puis attendaient que les deux hommes aient repris de l'avance.

Maigret n'avait pas eu besoin de se retourner. Il avait compris. Il savait que la grosse voiture bleue était là. Il devinait les visages derrière le pare-brise.

C'était classique. Il suivait Audiat parce qu'il avait l'impression qu'Audiat se laisserait plus facilement intimider que les autres. Alors ceux-ci, qui le savaient, le suivaient à leur tour.

Au début, Maigret esquissa un vague sourire. Puis il ne sourit plus. Il fronça même les sourcils. Le garçon de café ne se dirigeait pas vers la rue Lepic où il logeait, ni vers le centre de la ville. Il suivait toujours le boulevard au-dessus duquel passait maintenant la voie du métro et, sans s'arrêter au carrefour Barbès, il continuait sa course vers La Chapelle.

Il était peu probable qu'il eût quelque chose à faire dans ce quartier à pareille heure. L'explication s'imposait. D'accord avec les deux hommes de l'auto, Audiat entraînait le commissaire vers des endroits de plus en plus déserts.

Déjà l'on n'apercevait plus que de loin en loin une silhouette de fille tapie dans l'ombre, ou la forme hésitante de quelque sidi allant de l'une à l'autre avant d'arrêter son choix.

L'émotion, pourtant, ne vint pas tout de suite. Maigret restait calme. Il fumait par bouffées régulières, écoutait ses pas aussi réguliers qu'un métronome.

On passa par-dessus les voies de chemin de fer de la gare du Nord et l'on aperçut au loin celle-ci avec ses quais vides et son horloge éclairée. Il était deux heures et demie. L'auto ronronnait toujours, derrière, quand il y eut, sans raison, un tout petit coup de klaxon. Alors Audiat se mit à marcher plus vite, si vite qu'il semblait se maîtriser pour ne pas courir.

Sans raison apparente aussi, il traversa la rue. Maigret la traversa aussi. Un instant, il fut de profil, aperçut la voiture et c'est à ce moment qu'il eut un vague soupçon de ce qui se préparait.

La ligne aérienne de métro rendait le boulevard plus sombre que n'importe quel coin de Paris. Une patrouille d'agents cyclistes passa et l'un des agents se retourna sur l'auto, ne vit rien d'anormal et disparut avec ses collègues.

Le rythme s'accélérait. Le garçon de café, après cent mètres, traversait à nouveau la rue, mais cette fois il ne put garder son sang-froid et il fit quelques pas en courant. Maigret, qui s'était immobilisé et qui voyait l'auto prête à accélérer, avait compris. Un peu de sueur perlait à ses tempes, car c'était un hasard s'il avait échappé à l'accident.

C'était flagrant! Audiat était chargé de l'entraîner dans des rues désertes. Et là, au moment où Maigret serait au beau milieu de la chaussée, l'auto s'élancerait sur lui, l'écraserait sur le pavé.

Du coup, cela devenait hallucinant d'observer la voiture luxueuse et souple qui s'avançait en ronronnant et de penser aux deux occupants, à Eugène surtout, l'homme aux dents éblouissantes et au sourire d'enfant gâté, qui, les mains sur le volant, attendait le moment propice.

Pouvait-on parler de crime? Maigret risquait d'une seconde à l'autre une des morts les plus bêtes et les plus ignobles : la chute brutale, dans la poussière, des blessures partout et, qui sait? peut-être des heures à râler sans qu'on vînt à son aide.

Il était trop tard pour faire demi-tour. Il ne le voulait pas, d'ailleurs. Il ne comptait plus sur Audiat, n'espérait pas le rejoindre et le faire parler, mais il s'obstinait dans sa poursuite. C'était une question de prestige vis-à-vis de lui-même.

Sa seule précaution fut de prendre son revolver dans la poche de son pantalon et de l'armer.

Puis il marcha un peu plus vite. Au lieu de se tenir à vingt mètres du garçon de café, il se rapprocha tellement qu'Audiat crut qu'il allait l'arrêter et qu'il pressa le pas à son tour. Pendant quelques secondes, ce fut comique et les deux hommes de l'auto durent s'en apercevoir, car ils se rapprochèrent quelque peu.

Les arbres du boulevard défilaient, et les piliers du métro. Audiat avait peur, peur de Maigret et peut-être aussi de ses complices. Quand un nouveau coup de klaxon lui enjoignit de traverser la rue, il s'immobilisa, haletant, au bord du trottoir.

Maigret, qui avait résolu de marcher tout près de lui, vit les feux de la voiture, le chapeau souple du garçon de café, ses yeux inquiets.

Il allait descendre du trottoir, emboîter le pas à son compagnon quand il eut une intuition. Peut-être Audiat l'eut-il en même temps, mais, pour lui, il était trop tard. Il avait déjà commencé son mouvement en avant. Il avait franchi un mètre, deux mètres...

Maigret ouvrit la bouche pour crier. Il comprenait que les deux hommes, dans l'auto, las de cette chasse infructueuse, se décidaient soudain à foncer, quitte à atteindre leur camarade en même temps que le policier.

Il n'y eut pas de cri. Un bruit d'air remué, de moteur à plein régime. Un heurt aussi, mais indistinct, et peut-être une plainte confuse.

Déjà le feu rouge de l'auto s'éloignait, disparaissait dans une rue transversale. Par terre, le petit homme en noir faisait un effort pour se soulever sur les mains et regardait Maigret avec des yeux égarés.

Il avait l'air d'un fou ou d'un enfant. Son visage était maculé de poussière et de sang. Son nez n'avait plus la même forme, ce qui changeait jusqu'au caractère de la figure.

Il finit par s'asseoir et leva une main, mollement, comme en rêve, la porta à son front, esquissa une grimace qui ressemblait à un sourire.

Maigret le souleva, l'assit au bord du trottoir et alla machinalement ramasser le chapeau qui était resté au milieu de la chaussée, puis il fut, lui aussi, quelques instants à reprendre son équilibre, bien qu'il n'eût pas été touché.

Il n'y avait pas un passant. Un taxi roulait quelque part, mais c'était très loin du côté de Barbès.

« Tu l'as échappé belle! » grogna le commissaire en se penchant sur le blessé.

Des deux pouces, il lui tâta la tête, lentement, pour savoir s'il n'y avait pas de fracture du crâne. Il fit jouer les deux jambes l'une après l'autre, car le pantalon était déchiré, ou plutôt arraché à hauteur du genou droit, et Maigret entrevit une vilaine plaie.

Audiat semblait avoir perdu, non seulement l'usage de la parole, mais la raison. Il mâchait à vide, comme pour chasser un mauvais goût qu'il avait dans la bouche.

Maigret redressa la tête. Il avait entendu un bruit de moteur. Il était sûr que c'était l'auto d'Eugène qui passait dans une rue parallèle. Puis le bruit se rapprocha et la voiture bleue traversa le boulevard à cent mètres à peine des deux hommes.

Ils ne pouvaient pas rester là. Eugène et le Marseillais ne se décidaient pas à s'éloigner. Ils voulaient savoir ce qui allait se passer. Ils décrivirent encore un grand cercle dans le quartier cependant que, dans le calme de la nuit, le ronronnement restait perceptible. Cette fois, ils longèrent le boulevard et passèrent à quelques mètres seulement d'Audiat. Maigret retenait sa respiration, dans l'attente des coups de feu.

« Ils vont revenir, songea-t-il. Et cette fois... »

Il souleva son compagnon, traversa la rue, installa Audiat dans l'ombre du terre-plein, derrière un arbre.

L'auto repassa, en effet. Eugène ne vit plus les deux hommes et arrêta sa voiture à cent mètres. Il dut y avoir une courte discussion entre lui et le Marseillais, et le résultat fut l'abandon de la poursuite.

Audiat gémissait, s'agitait, et un bec de gaz éclairait une grande tache de sang sur les pavés, à l'endroit où il était tombé.

Il n'y avait qu'à attendre. Maigret n'osait pas abandonner le blessé pour aller chercher un taxi. Il ne voulait pas non plus sonner à une maison et provoquer un rassemblement. Il n'attendit que dix minutes. Ce fut un Algérien qui passa, à moitié ivre, et le commissaire lui expliqua non sans peine qu'il fallait avertir un taxi.

Il faisait froid. Le ciel avait la même couleur glacée que la nuit du départ de Meung. Parfois un train de marchandises sifflait du côté de la gare du Nord.

« J'ai mal ! » dit enfin Audiat d'une voix dolente.

Et il leva les yeux sur Maigret avec l'air d'attendre de lui un remède à sa souffrance.

Par bonheur, l'Algérien fit sa commission et l'on vit arriver un taxi dont le chauffeur prit une attitude prudente.

« Vous êtes sûr que c'est un accident ? »

Il ne se décidait pas à arrêter son moteur et à aider Maigret.

« Si vous n'êtes pas rassuré, conduisez-nous à la police », répliqua celui-ci.

Le chauffeur se laissa convaincre et s'arrêta un quart d'heure plus tard en face de l'hôtel des Quais où Maigret avait sa chambre.

Audiat, qui n'avait pas fermé les yeux, observait gens et choses, avec une douceur tellement ineffable que ce spectacle arrachait le sourire. Le portier de l'hôtel s'y trompa.

« On dirait plutôt qu'il est soûl, votre ami.

— Il était peut-être un peu soûl. Une auto l'a renversé. »

On monta le garçon de café dans la chambre. Maigret commanda du rhum et se fit apporter des serviettes. Pour le reste, il n'avait besoin de personne. Tandis que des gens dormaient dans les chambres voisines, lui, sans bruit, se déchaussa, retira son veston, son faux col, retroussa les manches de sa chemise.

Une demi-heure plus tard, il travaillait toujours sur le corps d'Audiat qui s'étendait sur le lit, maigre et nu, avec encore la marque de ses fixe-chaussettes sur les mollets. La plus laide blessure était celle du genou. Maigret l'avait désinfectée et pansée. Il avait collé du taffetas anglais sur quelques égratignures sans importance et, enfin, il avait fait boire au blessé un grand verre d'alcool.

Le radiateur était brûlant. Les rideaux n'étaient pas fermés et l'on apercevait la lune dans un pan de ciel.

« Dis donc, ils sont réussis comme salauds, tes copains ! » soupira soudain le commissaire.

Audiat désigna son veston et demanda une cigarette.

« Ce qui m'a mis la puce à l'oreille, c'est que

tu n'avais pas l'air plus tranquille que ça. Tu devinais qu'ils te feraient le coup, à toi aussi! »

Le regard plus ferme, le garçon de café observait Maigret avec méfiance. Quand il ouvrit la bouche, ce fut pour questionner.

« Qu'est-ce que ça peut vous faire?

— Ne t'agite pas. Tu n'as pas encore la tête très solide. Ce que ça peut me faire, je vais te le dire. Un voyou, que tu connais, a descendu Pepito, sans doute parce qu'il craignait qu'il ne soit trop bavard sur l'affaire Barnabé. Le voyou en question, vers deux heures du matin, est venu te chercher au Tabac Fontaine. »

Audiat fronça les sourcils, regarda le mur.

« Souviens-toi! Cageot t'a appelé dehors. Il t'a demandé d'aller bousculer le type qui sortirait d'une minute à l'autre du Floria. Si bien que, grâce à ton témoignage, c'est ce type-là qu'on a bouclé. Mettons que ce soit quelqu'un de ma famille... »

La joue sur l'oreiller, Audiat murmura :

« Ne comptez pas sur moi! »

Il était environ quatre heures. Maigret s'assit près du lit, se versa une rasade de rhum et bourra une pipe.

« Nous avons le temps de causer, dit-il. Je viens de regarder tes papiers. Tu n'as encore que quatre condamnations et elles ne sont pas graves : vol à la tire, escroquerie, complicité dans un cambriolage de villa... »

L'autre faisait semblant de dormir.

« Seulement, si j'ai bien compté, une condamnation de plus et c'est la relégation. Qu'en penses-tu ?

— Laissez-moi dormir.

— Je ne t'empêche pas de dormir. Mais tu ne m'empêcheras pas de parler. Je sais que tes copains ne sont pas encore dedans. A cette heure, ils sont en train de s'arranger pour que, demain, si je signale le numéro de leur auto, un garagiste affirme qu'elle n'est pas sortie cette nuit de chez lui. »

Un sourire béat tirait les lèvres tuméfiées d'Audiat.

« Seulement, il y a une chose que je vais te dire : Cageot, je l'aurai ! Chaque fois que j'ai voulu avoir quelqu'un, j'ai fini par l'avoir. Or, le jour où le Notaire sera dans le bain, tu y seras aussi et tu auras beau te débattre... »

A cinq heures, Maigret avait bu deux verres de rhum et la chambre était bleue de fumée de pipe. Audiat s'était tant de fois tourné et retourné dans son lit qu'il avait fini par s'y asseoir, les pommettes rouges, les yeux brillants.

« Est-ce Cageot qui a décidé le coup de ce soir ? C'est probable, hein ! Eugène n'aurait pas trouvé ça tout seul. S'il en est ainsi, tu dois te rendre compte que ton patron ne serait pas fâché de se débarrasser de toi. »

Un locataire que tenait éveillé le soliloque monotone de Maigret frappa le plancher du pied. Le commissaire avait retiré son gilet tant il faisait chaud.

« Donnez-moi du rhum. »

Il n'y avait qu'un verre, le verre à eau, et les deux hommes y burent tour à tour, sans trop se rendre compte de la quantité d'alcool qu'ils ingurgitaient. Maigret revenait sans cesse à son idée.

« Je ne te demande pas grand-chose. Avoue seulement que, tout de suite après la mort de Pepito, Cageot est venu te chercher au café.

— Je ne savais pas que Pepito était mort.

— Tu vois ! Donc, tu étais au Tabac Fontaine, comme aujourd'hui, avec Eugène et sans doute aussi le petit tôlier sourd. Cageot est-il entré ?

— Non !

— Alors, il a frappé à la vitre. Vous devez avoir convenu d'un signal.

— Je ne dirai rien. »

A six heures, le ciel s'éclaircit. Des tramways passèrent sur le quai et un remorqueur poussa un coup de sirène déchirant comme si, pendant la nuit, il eût perdu ses péniches.

Maigret avait le teint presque aussi animé qu'Audiat, les yeux aussi vifs. La bouteille de rhum était vide.

« Je vais te dire, en copain, ce qui va arriver,

maintenant qu'ils savent que tu es venu ici et que nous avons causé. Dès qu'ils pourront, ils remettront ça et, cette fois, ils ne te rateront pas. Si tu parles, qu'est-ce que tu risques? Histoire de te protéger, on te garde en prison pendant quelques jours. Quand toute la bande est bouclée, on te relâche et le tour est joué. »

Audiat était attentif. La preuve que l'idée ne lui déplaisait pas *a priori*, c'est qu'il murmura comme pour lui-même :

« Dans l'état où je suis, j'ai droit d'aller à l'infirmerie.

— C'est évident. Et tu connais l'infirmerie de Fresnes. C'est même mieux que l'hôpital.

— Vous voulez regarder si mon genou n'enfle pas? »

Maigret, docile, défit le pansement. Le genou avait enflé en effet, et Audiat, qui avait très peur de la maladie, le palpa avec angoisse.

« Vous croyez qu'on ne devra pas me couper la jambe?

— Je te promets que dans quinze jours tu seras guéri. Tu fais un petit épanchement de synovie.

— Ah! »

Il regarda le plafond et resta ainsi quelques minutes. Un réveil sonna dans une chambre. Les pas feutrés des valets qui prenaient leur service parcoururent les couloirs puis, sur le palier, une brosse crissa interminablement sur les chaussures.

« Tu es décidé?

— Je ne sais pas.

— Tu préfères passer aux Assises avec Cageot?

— Je voudrais boire de l'eau. »

Il le faisait exprès. Il ne souriait pas, mais on sentait sa joie de se faire servir.

« Elle est tiède, l'eau! »

Maigret ne protestait pas. Les bretelles sur les reins, il déambulait et faisait tout ce que le blessé lui demandait. L'horizon devint rose. Un rayon de soleil lécha la vitre.

« Qui est-ce qui fait l'enquête?

— Le commissaire Amadieu et le juge Gastambide.

— Ce sont des types bien?

— Il n'y a pas mieux.

— Avouez que j'ai failli y passer! Comment ai-je été renversé?

— Par l'aile gauche de la voiture.

— C'était Eugène qui conduisait?

— C'était lui. Le Marseillais était à côté. Qui est-ce, celui-là?

— Un jeune, qui est arrivé voilà trois mois. Il était à Barcelone, mais il paraît qu'il n'y a plus rien à faire là-bas.

— Écoute, Audiat. Ce n'est pas la peine de jouer plus longtemps à cache-cache. Je vais appeler un taxi. Nous nous rendrons tous les deux au quai des Orfèvres. A huit heures, Amadieu arrivera et tu lui serviras ton boniment. »

Maigret bâillait, harassé au point de pouvoir à peine articuler certains mots.

« Tu ne réponds pas?

— Allons-y toujours. »

En quelques minutes, Maigret se débarbouilla, mit de l'ordre dans sa toilette et fit monter deux petits déjeuners.

« Vois-tu, dans une situation comme la tienne, il n'y a qu'un endroit où l'on soit tranquille. C'est en prison.

— Amadieu, n'est-ce pas un grand, toujours pâle, qui a de longues moustaches?

— Oui.

— Il ne me dit rien! »

Le soleil levant faisait penser à la petite maison de la Loire et aux lignes de pêche qui attendaient au fond du bachot. C'était peut-être un effet de la fatigue, mais un instant Maigret fut sur le point de tout abandonner. Il regarda Audiat avec de gros yeux, comme s'il eût oublié ce qu'il faisait là, se passa la main dans les cheveux.

« Comment vais-je m'habiller? Mon pantalon est déchiré. »

On appela le valet de chambre, qui accepta de céder un vieux pantalon. Audiat boitait, geignait, se raccrochait de tout son poids au bras de son compagnon. On traversa le Pont-Neuf en taxi et c'était déjà un soulagement de respirer l'air vif du matin. Un car vide sortait du Dépôt, où il avait amené son plein de prisonniers.

« Tu seras capable de monter l'escalier ?

— Peut-être que oui. En tout cas, je ne veux pas de civière ! »

On touchait au but. Maigret en avait la poitrine serrée, par l'impatience. Le taxi stoppait en face du 36. Avant de faire sortir Audiat de la voiture, le commissaire paya la course, appela le planton en uniforme pour lui demander son aide.

Le planton était en conversation avec un homme qui tournait le dos à la rue et qui, à la voix du commissaire, fit volte-face. C'était Cageot, en pardessus sombre, les joues grises d'une barbe de deux jours. Audiat ne l'aperçut qu'une fois hors du taxi, alors que Cageot, sans même le regarder, reprenait sa conversation avec l'agent.

Il n'y eut pas une parole échangée. Maigret soutenait le garçon de café, qui feignait d'être beaucoup plus estropié qu'il ne l'était.

La cour traversée, il se laissa glisser sur la première marche de l'escalier, comme un homme qui n'en peut plus. Et alors, levant les yeux, il ricana :

« Je vous ai eu, pas vrai! Je n'ai rien à dire. Je ne sais rien. Mais je ne voulais pas rester dans votre chambre. Est-ce que je vous connais, moi? Est-ce que je sais seulement si ce n'est pas vous qui m'avez poussé sous l'auto? »

Le poing de Maigret était serré, dur comme pierre, mais il resta enfoui dans la poche du pardessus.

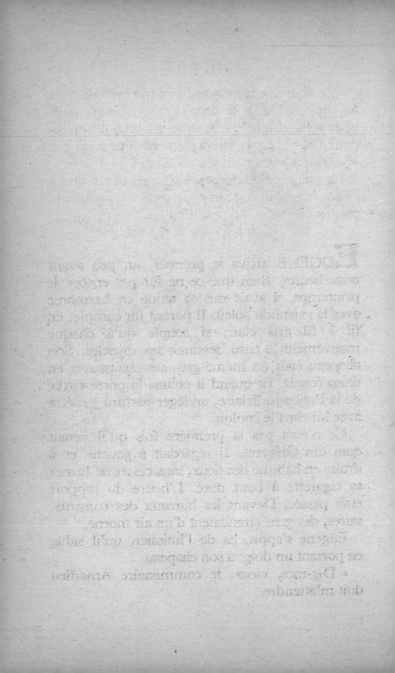

Eugène arriva le premier, un peu avant onze heures. Bien que ce ne fût pas encore le printemps, il avait mis sa tenue en harmonie avec la gaieté du soleil. Il portait un complet en fil à fil gris clair, si souple qu'à chaque mouvement le tissu dessinait ses muscles. Son chapeau était du même gris, ses chaussures en daim fragile. Et quand il poussa la porte vitrée de la Police Judiciaire, un léger parfum pénétra avec lui dans le couloir.

Ce n'était pas la première fois qu'il venait quai des Orfèvres. Il regardait à gauche et à droite en habitué des lieux, sans cesser de fumer sa cigarette à bout doré. L'heure du rapport était passée. Devant les bureaux des commissaires, des gens attendaient d'un air morne.

Eugène s'approcha de l'huissier, qu'il salua en portant un doigt à son chapeau.

« Dis-moi, vieux, le commissaire Amadieu doit m'attendre.

— Asseyez-vous. »

Il s'assit, désinvolte, croisa les jambes, alluma une nouvelle cigarette et déploya un journal à la page des courses. Sa longue voiture bleue semblait s'étirer devant le portail. Maigret, qui l'avait aperçue d'une fenêtre, était descendu dans la rue pour regarder l'aile gauche, mais elle ne portait aucune égratignure.

Quelques heures plus tôt, il était entré chez Amadieu, le chapeau sur la tête, le regard méfiant.

« J'amène un homme qui connaît la vérité.

— Cela regarde le juge d'instruction! » avait répondu Amadieu en continuant de feuilleter des rapports.

Alors, Maigret avait frappé à la porte du chef et il avait compris du premier coup d'œil que sa visite n'était pas souhaitée.

« Bonjour, monsieur le directeur.

— Bonjour, Maigret. »

Ils étaient aussi ennuyés l'un que l'autre et ils n'avaient pas besoin de beaucoup parler pour se comprendre.

« Monsieur le directeur, j'ai travaillé toute la nuit et je viens vous demander de faire en sorte que trois ou quatre individus soient interrogés ici.

— C'est l'affaire du juge, objecta le directeur de la P. J.

— Le juge ne tirera rien de ces gens-là. Vous me comprenez. »

Maigret savait qu'il ennuyait tout le monde et qu'on aurait voulu l'envoyer aux cent mille diables, mais il s'obstinait néanmoins. Longtemps son énorme silhouette boucha l'horizon du chef qui cédait peu à peu, et enfin il y eut des coups de téléphone de bureau à bureau.

— Venez un instant me voir, Amadieu!

— J'arrive, monsieur le directeur. »

On discutait.

« Notre ami Maigret me dit que... »

A neuf heures, Amadieu se résigna à gagner le cabinet de M. Gastambide par les couloirs du Palais. Quand il revint, vingt minutes plus tard, il avait en poche les commissions rogatoires nécessaires pour interroger Cageot, Audiat, le patron du Tabac Fontaine, Eugène, le Marseillais et le petit homme sourd.

Audiat était déjà sur place. Maigret l'avait obligé à monter et, depuis le matin, il était assis au fond du couloir, d'où il observait hargneusement les allées et venues des policiers.

A neuf heures et demie, cinq inspecteurs partirent à la recherche des autres, tandis que Maigret, lourd de sommeil, errait dans la maison dont il ne faisait plus partie, poussait parfois une porte, serrant la main d'un ancien collègue, vidant sa pipe dans la sciure des crachoirs.

« Ça va ?

— Ça va ! répondait-il.

— Vous savez qu'ils sont furieux ! lui avait soufflé Lucas.

— Qui ?

— Amadieu... Le patron... »

Et Maigret attendait toujours, en s'imbibant de l'atmosphère de la maison qui avait été la sienne. Installé dans un fauteuil de velours rouge, Eugène ne manifestait aucune impatience. En apercevant Maigret, il avait même esquissé un sourire enjoué. C'était un beau garçon, plein de vitalité, d'assurance. Il respirait la santé et l'insouciance par tous les pores de la peau et ses moindres attitudes étaient d'une aisance presque animale.

Comme un inspecteur arrivait du dehors, Maigret se précipita.

« Tu es allé au garage ?

— Oui. Le garagiste affirme que la voiture n'est pas sortie de la nuit et le veilleur confirme sa déclaration. »

C'était tellement prévu qu'Eugène, qui avait dû entendre, ne se donnait pas la peine d'être ironique.

Le patron du Tabac Fontaine parut bientôt, les yeux brouillés de sommeil, de la mauvaise humeur sur son visage et dans ses gestes.

« Le commissaire Amadieu ! grogna-t-il à l'adresse du garçon de bureau.

— Asseyez-vous. »

Sans faire mine de reconnaître Eugène, il s'installa à trois mètres de lui, son chapeau sur les genoux.

Le commissaire Amadieu faisait demander Maigret et ils se trouvèrent à nouveau face à face dans le petit bureau d'où l'on voyait couler la Seine.

« Vos lascars sont arrivés ?

— Pas tous.

— Voulez-vous me dire exactement les questions que vous désirez que je leur pose. »

Elle n'avait l'air de rien, cette petite phrase aux apparences aimables et déférentes. Ce n'en était pas moins une affirmation de résistance passive. Amadieu savait aussi bien que son interlocuteur qu'il est impossible de déterminer d'avance les phrases d'un interrogatoire.

Maigret dicta néanmoins un certain nombre de questions pour chaque témoin. Amadieu en prit note avec la docilité d'un secrétaire en même temps qu'avec une satisfaction évidente.

« C'est tout ?

— C'est tout.

— Voulez-vous que nous commencions dès maintenant par le nommé Audiat ? »

Maigret fit signe que cela lui était égal et le commissaire pressa un timbre, donna un ordre à l'inspecteur qui parut. Son secrétaire s'assit au bout du bureau, à contre-jour, tandis que

Maigret s'installait dans le coin le plus sombre.

« Asseyez-vous, Audiat, et dites-nous ce que vous avez fait cette nuit.

— Je n'ai rien fait. »

Le garçon de café, bien qu'il eût le soleil dans les yeux, avait repéré Maigret et trouvé le moyen de lui adresser une grimace.

« Où étiez-vous à minuit ?

— Je ne me rappelle pas. Je suis allé au cinéma, puis j'ai bu un verre dans un bar de la rue Fontaine. »

Amadieu fit à l'adresse de Maigret un signe qui voulait dire :

« Ne craignez rien. Je tiens compte de vos notes. »

Et, en effet, le lorgnon sur le nez, il lut lentement :

« Quel est le nom des amis que vous avez rencontrés dans ce bar ? »

La partie était perdue d'avance. L'interrogatoire était mal parti. Le commissaire avait l'air de réciter une leçon. Audiat, qui le sentait, prenait de plus en plus d'assurance.

« Je n'ai pas rencontré d'amis.

— Vous n'avez même pas aperçu une personne qui se trouve ici présente ? »

Audiat se tourna vers Maigret, qu'il observa en hochant la tête.

« Peut-être ce monsieur. Mais je n'en suis pas sûr. Je n'ai pas fait attention à lui.

— Ensuite?

— Ensuite, je suis sorti et, comme le cinéma m'avait donné mal à la tête, je me suis promené sur les boulevards extérieurs. Comme je traversais la rue, j'ai été heurté par un véhicule et je me suis retrouvé, blessé, au pied d'un arbre. Cette fois, ce monsieur était là. Il m'a affirmé que j'avais été renversé par une auto. Je lui ai demandé de me conduire chez moi, mais il n'a pas voulu et il m'a emmené dans une chambre d'hôtel. »

Une porte s'était ouverte et le directeur de la P. J. était entré, s'était adossé silencieusement au mur.

« Que lui avez-vous raconté?

— Rien du tout. C'est lui qui a parlé tout le temps. Il me parlait de gens que je ne connais pas et il voulait que je vienne affirmer ici que c'étaient des copains à moi. »

Un gros crayon bleu à la main, Amadieu inscrivait parfois un mot sur son buvard, tandis que le secrétaire prenait note de la déposition complète.

« Pardon! intervint le directeur. Tout ce que tu nous chantes est très joli. Mais dis-nous ce que tu allais faire à trois heures du matin boulevard de la Chapelle.

— J'avais mal à la tête.

— Tu as tort de faire le malin. Quand on a déjà quatre condamnations...

— Pardon! Pour les deux premières, il y a eu l'amnistie. Vous n'avez pas le droit d'en parler. »

Maigret se contentait de regarder, d'écouter. Il fumait sa pipe dont l'odeur imprégnait le bureau cependant que la fumée montait dans le soleil.

« Nous verrons cela dans quelques minutes. »

On fit passer Audiat dans une pièce voisine. Amadieu téléphona :

« Faites entrer le nommé Eugène Berniard. »

Il se présenta, souriant et désinvolte, repéra d'un coup d'œil la position de chaque personnage, écrasa sa cigarette dans le cendrier.

« Qu'as-tu fait hier au soir? répéta Amadieu sans conviction.

— Ma foi, monsieur le commissaire, comme j'avais mal aux dents, je me suis couché de bonne heure. Demandez plutôt au gardien de nuit de l'hôtel Alsina.

— Quelle heure?

— Minuit.

— Et tu n'es pas passé au Tabac Fontaine?

— Où est-ce?

— Minute! Connais-tu un certain Audiat?

— Comment est-il? On rencontre tant de gens à Montmartre! »

Chaque minute d'immobilité coûtait à Maigret un effort douloureux.

« Faites entrer Audiat! » téléphona Amadieu.

Audiat et Eugène se regardèrent curieuse-
ment.

« Vous vous connaissez ?

— Jamais vu ! grommela Eugène.

— Enchanté ! » plaisanta le garçon de café.

Ils jouaient à peine la comédie. Leurs yeux
riaient, démentaient leurs paroles.

« Donc, vous n'avez pas fait une belote
ensemble hier au soir au Tabac Fontaine ?

L'un écarquilla les yeux. L'autre éclata de
rire.

« Erreur, monsieur le commissaire. »

On les confronta avec le Marseillais qui
venait d'arriver et qui, lui, tendit la main à
Eugène.

« Vous vous connaissez ?

— Parbleu ! On était ensemble.

— Où ?

— A l'hôtel Alsina. Nos chambres se tou-
chent. »

Le directeur de la P. J. fit signe à Maigret de
le suivre.

A deux, ils arpentèrent le couloir où Louis, le
patron du Tabac, attendait toujours, non loin de
Germain Cageot.

« Qu'allez-vous faire ? »

Le directeur lançait à son compagnon des
regards où il y avait de l'anxiété.

« C'est vrai qu'il ont essayé de vous avoir ? »

Maigret ne répondit pas. Cageot le suivait des

yeux, avec la même ironie tranquille qu'Audiat ou qu'Eugène.

« Si j'avais pu les interroger moi-même! soupira-t-il enfin.

— Vous savez que c'est impossible. Mais on continuera les confrontations aussi longtemps que vous voudrez.

— Je vous remercie, monsieur le directeur. »

Maigret savait que cela ne servirait à rien. Les cinq hommes étaient d'accord. Ils avaient pris leurs précautions. Et ce n'étaient pas les questions qu'Amadieu posait d'une voix morne qui les pousseraient aux aveux.

« Je ne sais pas si vous avez tort ou raison », reprit le patron.

Ils passaient devant Cageot, qui en profita pour saluer le directeur de la P. J.

« C'est vous qui m'avez fait convoquer, monsieur le directeur? »

Il était midi. La plupart des inspecteurs étaient partis déjeuner ou étaient en mission. Le long couloir était presque vide. Devant sa porte, le chef serra la main de Maigret.

« Que voulez-vous que je vous dise, moi? Tout ce que je peux faire, c'est vous souhaiter bonne chance. »

Et il alla prendre son manteau et son chapeau, jeta un dernier regard dans le bureau où l'interrogatoire se poursuivait, s'engagea

enfin dans l'escalier après avoir lancé à Cageot
un regard maussade.

Maigret était à cran. Jamais il n'avait été
étouffé à ce point par une sensation d'impuis-
sance. Sur deux chaises voisines, Cageot et
Louis étaient assis, patients et quiets, et tous
deux s'amusaient de ses allées et venues.

Dans le bureau d'Amadieu, on entendait un
calme murmure de voix. Questions et réponses
se succédaient sans fièvre. Le commissaire,
comme il l'avait promis, suivait le plan tracé
par Maigret, mais sans rien y ajouter, sans s'y
intéresser.

Philippe était en prison! Mme Maigret attendait le facteur avec impatience.

« Belle journée, monsieur! dit soudain
Cageot à son voisin Louis.

— Belle journée. Les vents sont à l'est,
répliqua celui-ci.

— On vous a convoqué aussi? »

Il parlait pour Maigret, avec une intention
flagrante de persiflage.

« Oui. Je crois qu'on veut me demander un
renseignement.

— C'est comme moi. Quel commissaire vous
a appelé?

— Un nommé Amadieu. »

Comme Maigret le frôlait au passage, Cageot
entrouvrit la bouche dans un rire insultant, et
soudain il y eut un réflexe brutal, impossible à

maîtriser. La main de Maigret s'était écrasée sur la joue du Notaire.

C'était la gaffe! Mais elle était amenée par une nuit sans sommeil, par mille humiliations successives.

Tandis que Cageot restait sidéré par la brutalité de l'attaque, Louis se levait, saisissait Maigret par un bras.

« Vous êtes fou? »

Allaient-ils se battre dans les couloirs de la Police Judiciaire?

« Qu'est-ce qui se passe? »

C'était la voix d'Amadieu, qui venait d'ouvrir sa porte. Il était impossible, à voir les trois hommes haletants, de ne pas comprendre, mais le commissaire, comme s'il ne se doutait de rien, prononça avec calme :

« Voulez-vous entrer, Cageot? »

Une fois de plus, on avait fait pénétrer les autres témoins dans le bureau voisin.

« Asseyez-vous. »

Maigret était entré à son tour et restait debout contre la porte.

« Je vous ai demandé parce que j'ai besoin de vous pour identifier certains individus. »

Amadieu pressa un timbre. On fit entrer Audiat.

« Connaissez-vous ce garçon? »

Alors Maigret sortit en claquant la porte et en

poussant un juron sonore. Il était près de pleurer. Cette comédie le révoltait.

Audiat ne connaissait pas Cageot. Cageot ne connaissait pas Audiat! Ni l'un ni l'autre ne connaissait Eugène! Et il en serait ainsi jusqu'au bout! Quant à Louis, il ne connaissait personne!

Amadieu, qui les interrogeait, marquait un point à chaque nouvelle dénégation! Ah! on se permettait de déranger ses petites habitudes! Ah! on prétendait lui apprendre son métier! Il resterait poli jusqu'au bout, car c'était un homme bien élevé, lui! Mais on verrait bien quand même!

Maigret descendait l'escalier terne, traversant la cour, passant devant la puissante auto d'Eugène.

Il y avait du soleil sur Paris, sur la Seine, sur le Pont Neuf étincelant. L'air tiède fraîchissait brusquement dès qu'on passait dans un pan d'ombre.

Dans un quart d'heure ou dans une heure, les interrogatoires seraient terminés. Eugène prendrait place au volant, à côté du Marseillais. Cageot hélerait un taxi. Chacun s'en irait de son côté après un échange d'œillades.

« Sale bête de Philippe! »

Maigret parlait tout seul. Les pavés défilaient sous ses semelles. Soudain il lui sembla qu'une femme qu'il croisait détournait la tête comme pour n'être pas reconnue. Il s'arrêta, aperçut

Fernande qui hâtait le pas. Quelques mètres plus loin il la rejoignait et lui saisissait le bras avec une brutalité involontaire.

« Où allez-vous ? »

Elle parut affolée et ne répondit pas.

« Quand vous a-t-on relâchée ?

— Hier soir. »

Il comprit que c'en était fini de la confiance qui avait régné entre eux. Fernande avait peur de lui. Elle ne pensait qu'à poursuivre sa route au plus vite.

« On vous a convoquée ? questionna-t-il encore en jetant un coup d'œil aux bâtiments de la Police Judiciaire.

— Non. »

Elle portait ce matin un tailleur bleu qui lui donnait l'air d'une petite bourgeoise. Maigret s'impatientait d'autant plus qu'il n'avait aucune raison de la retenir.

« Qu'est-ce que vous allez faire là-bas ? »

Il suivit le regard de Fernande, qui s'arrêtait sur l'auto bleue d'Eugène.

Il comprit. Il fut vexé comme un homme jaloux.

« Vous savez que cette nuit il a essayé de me tuer ?

— Qui ?

— Eugène. »

Elle faillit dire quelque chose, mais se mordit les lèvres.

« Qu'est-ce que vous avez voulu répondre ?

— Rien. »

Le planton les regardait. Là-haut, derrière la huitième fenêtre, Amadieu enregistrait toujours les témoignages concertés des cinq hommes. L'auto attendait, souple et claire comme son propriétaire, et Fernande, le visage fermé, guettait le moment de s'en aller.

« Vous croyez que c'est moi qui vous ai fait boucler ? » insista Maigret.

Elle ne répondit pas, détourna la tête.

« Qui vous a dit qu'Eugène était ici ? » s'obstina-t-il en vain.

Elle était amoureuse ! Amoureuse d'Eugène avec qui elle avait couché pour faire plaisir à Maigret !

« Tant pis, grommela enfin celui-ci. Va, ma vieille ! »

Il espérait qu'elle reviendrait sur ses pas, mais elle se hâta vers la voiture et resta près de la portière.

Il n'y avait plus sur le trottoir que Maigret qui bourrait une pipe. Il ne put d'ailleurs pas l'allumer, tant il avait tassé le tabac.

8

Comme il traversait le hall de son hôtel, Maigret se rembrunit, car une femme se levait de son fauteuil d'osier et s'avançait vers lui, l'embrassait sur les deux joues avec un triste sourire, lui prenait la main qu'elle gardait dans la sienne.

« C'est épouvantable! gémit-elle. Je suis arrivée ce matin et j'ai tant couru que je ne sais plus où je suis. »

Maigret regardait sa belle-sœur qui lui tombait d'Alsace et il avait besoin de s'habituer à cette vision, tant elle tranchait sur les images des derniers jours et de la matinée, sur la crue atmosphère dans laquelle il pataugeait.

La mère de Philippe ressemblait à Mme Maigret, mais, plus que sa sœur, elle avait gardé sa fraîcheur provinciale. Elle n'était pas grasse, mais douillette; son visage était rose sous les cheveux méticuleusement lissés et tout en elle

donnait une impression de propreté : ses vêtements noirs et blancs, ses yeux, son sourire.

C'était l'ambiance de là-bas qu'elle apportait
avec elle et Maigret croyait sentir l'odeur de la
maison aux placards pleins de confitures, le
fumet des petits plats et des crèmes qu'elle
aimait préparer.

« Crois-tu qu'après cela il trouvera une
place ? »

Le commissaire ramassa le bagage de sa
belle-sœur qui était plus provincial encore
qu'elle-même.

« Tu couches ici ? demanda-t-il.

— Si ce n'est pas trop cher... »

Il l'emmena vers la salle à manger où, quand
il était seul, il ne mettait pas les pieds, car
l'aspect en était austère et l'on n'y parlait qu'à
voix basse.

« Comment as-tu découvert mon adresse ?

— Je suis allée au Palais de Justice et j'ai vu
le juge. Il ne savait pas que tu t'occupes de
l'affaire. »

Maigret ne dit rien, fit la grimace. Il imaginait les litanies de sa belle-sœur : « Vous comprenez, monsieur le juge. L'oncle de mon fils,
le commissaire divisionnaire Maigret... »

« Et alors ? s'impatienta celui-ci.

— Il m'a donné l'adresse de l'avocat. C'est
rue de Grenelle. J'y suis allée aussi.

— Tu as fait toutes ces courses avec tes bagages ?

— Je les avais laissés à la consigne. »

C'était effarant. Elle avait dû raconter son histoire à tout le monde.

« Si je te disais que, quand la photographie a paru dans le journal, Émile n'a pas osé aller à son bureau ! »

Émile, c'était son mari, qui avait les mêmes yeux myopes que Philippe.

« Chez nous, ce n'est pas comme à Paris. La prison, c'est la prison. Les gens se disent qu'il n'y a pas de fumée sans feu. Est-ce que seulement il a un lit avec des couvertures ? »

Ils mangeaient des sardines et des ronds de betterave en buvant un petit rouge en carafe et, de temps en temps, Maigret faisait un effort pour échapper à l'obsession de ce déjeuner.

« Tu connais Émile. Il est très contre toi. Il prétend que c'est ta faute si Philippe est entré à la police au lieu de chercher une bonne place dans une banque. Je lui ai répondu qu'il n'arrive que ce qui doit arriver. A propos, ta femme va bien ? Elle n'a pas trop de travail avec ses bêtes ? »

Cela dura une grande heure, car, après déjeuner, il fallut prendre le café et la mère de Philippe voulait savoir exactement comment est bâtie une prison et comment les gens y sont traités. Ils étaient tous les deux dans le salon quand le portier vint annoncer qu'un monsieur voulait parler à Maigret.

« Faites entrer! »

Il se demandait qui cela pouvait être et il fut plus qu'étonné en apercevant le commissaire Amadieu, qui salua Mme Lauer avec embarras.

« La maman de Philippe, prononça Maigret.

« Voulez-vous que nous montions chez moi? »

Ils gravirent l'escalier en silence. Une fois dans la chambre, le commissaire toussota, se débarrassa de son chapeau et du parapluie qu'il ne quittait jamais.

« Je croyais vous retrouver après l'interrogatoire de ce matin, commença-t-il. Vous êtes parti sans rien dire. »

Maigret l'observait en silence, comprenait qu'Amadieu venait faire la paix, mais n'avait pas l'héroïsme de lui faciliter les premiers pas.

« Ces gens-là sont très forts, vous savez! J'ai pu m'en rendre compte quand ils ont été confrontés tous ensemble. »

Il s'assit pour se donner une contenance, croisa les jambes.

« Écoutez, Maigret, je suis venu vous dire que je commence à partager votre avis. Vous voyez que je suis franc et que je n'ai pas de rancune. »

Mais le son de sa voix n'était pas tout à fait naturel et Maigret sentit que c'était une leçon apprise et que son interlocuteur ne faisait pas cette démarche spontanément. Après les interrogatoires du matin, il y avait eu un conciliabule entre le directeur de la P. J. et le commissaire, et c'était le directeur qui avait penché pour la thèse de Maigret.

« Maintenant, je vous demande : Qu'allons-nous faire? articula gravement Amadieu.

— Je n'en sais rien, moi!

— Vous n'avez pas besoin de mes hommes? »

Puis, soudain volubile :

« Je vais vous donner mon opinion. Car j'ai beaucoup réfléchi tout en interrogeant nos lascars. Vous savez que, quand Pepito a été tué, il était sous le coup d'un mandat d'amener. Nous avions appris qu'il y avait une quantité assez importante de drogue au Floria. C'est même pour empêcher qu'on déménage cette drogue que j'avais posté un inspecteur jusqu'au moment de l'arrestation, qui devait avoir lieu au petit jour. Eh bien, la camelote a disparu. »

Maigret n'avait pas l'air d'écouter.

« J'en déduis que, quand nous mettrons la main dessus, nous aurons en même temps l'assassin. J'ai bonne envie de demander au juge un mandat de perquisition et d'aller faire un tour chez notre Cageot.

— Ce n'est pas la peine, soupira Maigret. L'homme qui a réglé les détails de la confronta-

tion de ce matin n'a pas gardé chez lui un colis
aussi compromettant. La came n'est ni chez
Cageot, ni chez Eugène, ni chez un autre de nos
amis. A propos, qu'est-ce que Louis a déclaré
au sujet de ses clients ?

— Il jure qu'il n'a jamais vu Eugène ni, à
plus forte raison, joué aux cartes avec lui. Il
croit qu'Audiat est venu plusieurs fois chercher
des cigarettes, mais il ne lui a pas parlé. Quant à
Cageot, s'il avait entendu son nom, comme tout
le monde à Montmartre, il ne le connaissait pas
personnellement.

— Ils ne se sont pas coupés, bien entendu ?

— Pas une seule fois. Ils se lançaient même
des regards amusés comme si cet interrogatoire
eût été une partie de plaisir. Le patron était
furieux. »

Maigret retint mal un petit sourire, car
Amadieu avouait qu'il avait deviné juste et que
son revirement était dû au chef de la P. J.

« On pourrait toujours mettre un inspecteur
derrière Cageot, reprit Amadieu pour qui les
silences étaient pénibles. Mais il le sèmera
quand il voudra. Sans compter qu'il a des
protections et qu'il est capable de se plaindre de
nous. »

Maigret tira sa montre, qu'il contempla avec
insistance.

« Vous avez un rendez-vous ?

— Bientôt, oui. Si cela ne vous fait rien, nous allons descendre ensemble. »

En passant près du portier, Maigret s'informa de sa belle-sœur.

« Cette dame est partie il y a quelques minutes. Elle m'a demandé quel autobus elle devait prendre pour se rendre rue Fontaine. »

C'était bien d'elle! Elle voulait voir par elle-même l'endroit où son fils était accusé d'avoir tué Pepito. Et elle entrerait! Elle raconterait son histoire aux garçons!

« On prend un verre à la Chope, en passant? » proposa Maigret.

Ils s'installèrent dans un coin et commandèrent un vieil armagnac.

« Avouez, risqua Amadieu qui tiraillait ses moustaches, que votre méthode est impossible à appliquer dans une affaire comme celle-ci. Nous en discutions tout à l'heure avec le patron. »

Décidément, le patron s'intéressait bien à l'affaire!

« Qu'appelez-vous ma méthode?

— Vous le savez mieux que moi. D'habitude, vous vous mêlez à la vie des gens; vous vous occupez davantage de leur mentalité et même de ce qui leur est arrivé vingt ans auparavant, que d'indices matériels. Ici, nous sommes en face de zèbres dont nous connaissons à peu près tout. Ils n'essaient même pas de donner le change. C'est à peine si, entre quatre yeux, Cageot nierait avoir tué.

— Il n'a pas nié.

— Alors, qu'allez-vous faire?

— Et vous?

— Je commencerai par tendre un filet autour d'eux, cela s'indique. Dès ce soir, ils seront suivis l'un comme l'autre. Il faudra bien qu'ils aillent quelque part, qu'ils parlent à des gens. On interrogera ceux-ci à leur tour, et...

— Et dans six mois Philippe sera encore en prison.

— Son avocat veut demander sa mise en liberté provisoire. Comme il n'est inculpé que d'homicide par imprudence, il l'obtiendra sûrement. »

Maigret ne sentait plus sa fatigue.

« Vous remettez ça? proposa Amadieu en désignant les verres.

— Avec plaisir. »

Pauvre Amadieu! Ce qu'il devait être embêté au moment d'entrer dans le salon de l'hôtel! Maintenant, il avait eu le temps de reprendre contenance et il affectait une assurance qu'il n'avait pas, parlait même de l'affaire avec une certaine désinvolture.

« Je me demande d'ailleurs, ajouta-t-il en avalant une gorgée d'armagnac, si Cageot a tué lui-même. J'ai beaucoup pensé à votre thèse. Pourquoi n'aurait-il pas chargé Audiat de tirer?

Lui-même pouvait être embusqué dans la rue...

— Audiat ne serait pas revenu sur ses pas pour bousculer mon neveu et donner l'alarme. Il retombe aussi vite qu'il s'est emballé. C'est un sale petit voyou sans envergure.

— Et Eugène ? »

Maigret haussa les épaules, non qu'il crût Eugène innocent, mais parce qu'il aurait été gêné de l'accabler. C'était très vague. Fernande y était pour quelque chose.

D'ailleurs, Maigret était à peine à la conversation. Son crayon à la main, il traçait sur le marbre de la table des traits sans signification aucune. Il faisait chaud. L'armagnac provoquait un doux bien-être, donnait la sensation que toute la fatigue amassée s'écroulait peu à peu.

Lucas, qui entrait en compagnie d'un jeune inspecteur, sursauta en voyant les deux commissaires attablés côte à côte, et Maigret, à travers la salle, lui adressa une œillade.

« Vous ne venez pas jusqu'à la « maison » ? proposa Amadieu. Je vous montrerais le procès-verbal des interrogatoires.

— A quoi bon ?

— Que comptez-vous faire ? »

Cela le tarabustait. Quelle idée pouvait bien se cacher derrière le front buté de Maigret ? Déjà sa cordialité avait baissé d'un ton.

« Il ne faudrait pas que nos efforts se détruisent mutuellement. Le patron est du même avis que moi et c'est lui qui m'a conseillé de me mettre d'accord avec vous.

— Eh bien, ne sommes-nous pas d'accord?

— Sur quoi?

— Sur le fait que Cageot a tué Pepito et que c'est probablement lui aussi qui a tué Barnabé quinze jours auparavant.

— Il ne suffit pas que nous soyons d'accord là-dessus pour l'arrêter.

— Évidemment.

— Alors?

— Alors rien. Ou plutôt, je vous demande une seule chose. Je suppose que vous obtiendrez facilement du juge Gastambide un mandat d'amener au nom de Cageot?

— Et ensuite?

— Ensuite je voudrais qu'il y ait un inspecteur en permanence au quai des Orfèvres avec ce mandat dans la poche. Dès que je lui téléphonerai, il lui suffira de me rejoindre.

— Vous rejoindre où?

— Où je serai! Cela vaudrait encore mieux qu'au lieu d'un mandat il en possède plusieurs. On ne sait jamais. »

Le terne visage d'Amadieu s'était allongé.

« Très bien, dit-il sèchement. J'en parlerai au directeur. »

Il appela le garçon, paya une des tournées. Puis il fut longtemps à boutonner et à débou-

tonner son pardessus dans l'espoir que Maigret
se déciderait enfin à parler.

« Et voilà! Je vous souhaite de réussir.

— Vous êtes bien aimable. Je vous remercie.

— Pour quand croyez-vous que ça sera?

— Peut-être pour tout à l'heure. Peut-être
seulement pour demain matin. Tenez! Je crois
préférable que la chose se passe demain
matin... »

Au moment où son compagnon s'éloignait, il
se ravisa.

« Et merci pour votre visite, hein!

— C'était naturel. »

Resté seul, il paya la seconde tournée, s'arrêta
un instant à la table de Lucas et de son collègue.

« Du nouveau, patron?

— Presque. Où pourrai-je te toucher demain
matin, vers huit heures?

— Je serai quai des Orfèvres. Si vous préfé-
rez, je peux venir ici.

— A demain, ici! »

Dehors, Maigret arrêta un taxi et se fit
conduire rue Fontaine. La nuit tombait. Les
vitrines s'éclairaient. En passant devant le Tabac,
il fit ralentir l'allure de la voiture.

Dans le petit bar, la jeune fille molle était à la
caisse, le patron derrière le comptoir, tandis que
le garçon essuyait les tables. Mais il n'y avait là
ni Audiat, ni Eugène, ni le Marseillais.

« Ce qu'ils vont râler, ce soir, de ne pas pouvoir faire leur belote ! »

Quelques instants plus tard, le taxi s'arrêtait en face du Floria. Maigret le garda, poussa la porte entrouverte.

C'était l'heure du nettoyage. Une seule lampe était allumée et jetait un jour indécis sur les tentures et sur les peintures rouges et vertes des murs. Les nappes n'étaient pas encore posées sur les tables sans vernis et, sur l'estrade, les instruments de musique étaient enveloppés de leur housse.

L'ensemble était pauvre, lugubre. La porte du bureau, au fond, était ouverte et Maigret aperçut en partie une silhouette de femme, passa près d'un garçon qui balayait, émergea soudain en pleine lumière.

« C'est toi ! » s'étonna sa belle-sœur.

Elle avait rougi, perdu contenance.

« J'ai voulu voir le... la... »

Un jeune homme était adossé au mur et fumait une cigarette. C'était M. Henry, le nouveau propriétaire du Floria, ou plus exactement le nouvel homme de paille de Cageot.

« Ce monsieur a été bien aimable..., balbutia Mme Lauer.

— J'aurais voulu pouvoir en faire davantage, s'excusa le jeune homme ; Madame me dit qu'elle est la maman du policier qui a tué... Je veux dire qui est accusé d'avoir assassiné

Pepito. Moi, je ne sais rien. J'ai pris possession de la maison le lendemain.

— Encore une fois merci, monsieur. Je vois que vous comprenez ce que c'est qu'une mère. »

Elle s'attendait à une scène de la part de Maigret. Quand il la fit monter dans le taxi qui attendait, elle parla pour parler.

« Tu as pris une voiture. Il y a un très bon autobus... Tu peux fumer ta pipe... Je suis habituée... »

Maigret donna l'adresse de l'hôtel, puis, chemin faisant, il murmura d'une drôle de voix :

« Voilà ce que nous allons faire. Il y a une longue soirée à passer. Demain matin, nous devons être dispos, les nerfs calmes et le cerveau frais. Si tu veux, nous irons au théâtre.

— Au théâtre, alors que Philippe, lui, est en prison ?

— Bah! c'est sa dernière nuit.

— Tu as découvert quelque chose ?

— Pas encore. Laisse-moi faire. L'hôtel est triste. Nous n'avons rien à faire.

— Moi qui voulais en profiter pour aller mettre de l'ordre dans la chambre de Philippe !

— Il serait furieux. Un jeune homme n'aime pas que sa mère fouille ses affaires.

— Tu crois que Philippe a une liaison ? »

C'était toute sa province qui éclatait dans ces mots et Maigret l'embrassa sur la joue.

« Mais non, vieille bête! Il n'en a malheu-
reusement pas. Philippe est tout le portrait de
son papa.

— Je ne suis pas sûre qu'Émile avant son
mariage... »

N'était-ce pas comme un bain d'eau pure?
En arrivant à l'hôtel, Maigret fit retenir des
places pour le Palais-Royal, puis, en attendant
le dîner, écrivit une lettre à sa femme. Il
semblait avoir oublié le meurtre de Pepito et
l'arrestation de son neveu.

« On va faire une petite bombe tous les deux!
annonça-t-il à sa belle-sœur. Si tu es bien sage,
je te montrerai même le Floria en pleine action.

— Je ne suis pas habillée pour ça! »

Il tint parole. Après un dîner soigné dans un
restaurant des Boulevards — car il n'avait pas
voulu manger à l'hôtel —, il emmena sa belle-
sœur au théâtre et la vit avec satisfaction qui
riait malgré elle aux quiproquos du vaudeville.

« Je suis honteuse de ce que tu me fais faire,
soupira-t-elle pourtant à l'entracte. Si Philippe,
à cette heure-ci, savait où est sa mère!

— Et Émile donc! Pourvu qu'il ne soit pas
en train de conter fleurette à la bonne.

— Elle a cinquante ans, la pauvre fille. »

Ce fut plus difficile de la décider à pénétrer
au Floria, car l'entrée seule du cabaret, illumi-
née au néon, l'impressionnait. Maigret la dirigea vers une table proche du bar, frôla Fer-

nande qui s'y trouvait en compagnie d'Eugène et du Marseillais.

Comme on pouvait s'y attendre, il y eut des sourires à la vue de la brave femme que pilotait l'ancien commissaire.

Et Maigret était ravi! On eût dit que c'était ce qu'il cherchait! Comme un brave provincial en bombe, il commanda du champagne.

« Je vais être ivre! minaudait Mme Lauer.

— Tant mieux!

— Sais-tu que c'est la première fois que je mets les pieds dans un endroit pareil? »

Elle sentait vraiment le gâteau! C'était une merveille de santé morale et physique!

« Qui est-ce, cette femme qui te regarde tout le temps?

— C'est Fernande, une copine à moi.

— A la place de ma sœur, je ne serais pas tranquille, car elle a l'air d'être amoureuse. »

C'est vrai et faux. Fernande, en effet, regardait drôlement Maigret, comme si elle eût regretté leur intimité interrompue. Mais aussitôt elle se suspendait au bras d'Eugène et le taquinait avec une ostentation exagérée.

« Elle est avec un bien beau garçon!

— Le malheur, c'est que demain le beau garçon sera en prison.

— Qu'est-ce qu'il a fait?

— C'est un des bandits qui ont fait arrêter Philippe.

— Lui? »

Elle n'en revenait pas. Et ce fut pis quand, comme il le faisait chaque soir, Cageot passa sa tête par le rideau afin de voir comment allaient les affaires.

« Tu vois ce monsieur qui a l'air d'un avoué?

— Avec ses cheveux gris?

— Oui! Eh bien, attention. Essaie de ne pas crier. C'est l'assassin. »

Les yeux de Maigret riaient, riaient comme si déjà il eût tenu Cageot et les autres à sa merci. Il riait tellement que Fernande se retourna, étonnée, fronça les sourcils, soudain inquiète et rêveuse.

Un peu plus tard, elle se dirigeait vers les lavabos et, en passant, lançait un coup d'œil à Maigret qui se leva à son tour pour la rejoindre.

« Vous avez du nouveau? questionna-t-elle alors, presque méchamment.

— Et toi?

— Rien. Vous le voyez bien. Nous sommes de sortie. »

Elle épiait Maigret et articula après un silence :

« On va l'arrêter?

— Pas tout de suite. »

D'impatience, elle frappa le sol de ses hauts talons.

« Grand amour? »

Mais elle s'éloignait déjà en laissant tomber :

« Sais pas encore. »

Mme Lauer fut honteuse de se coucher à deux heures du matin et Maigret, à peine au lit, s'endormit profondément, ronfla comme il ne l'avait plus fait depuis quelques jours.

9

A huit heures moins dix, Maigret s'arrêta au bureau de l'hôtel au moment où le propriétaire, qui venait d'arriver, passait en revue, avec le veilleur de nuit, la liste des voyageurs. Un seau d'eau sale encombrait le passage; un balai était appuyé au mur et Maigret, avec le plus grand sérieux, saisit ce balai dont il examina le manche.

« Vous permettez que je l'utilise ? demandat-il au propriétaire qui bégaya :

— Je vous en prie... »

Puis, il se ravisa, questionna avec inquiétude :

« Votre chambre n'est pas propre ? »

Maigret fumait sa première pipe avec une joie sans mélange.

« Je crois que si ! répliqua-t-il tranquillement. Ce n'est pas le balai qui m'intéresse. Je voudrais seulement un petit morceau du manche. »

La femme de ménage, qui s'était approchée,

en s'essuyant les mains à son tablier bleu, dut croire qu'il était devenu fou.

« Vous n'auriez pas une petite scie? continuait Maigret à l'adresse du veilleur de nuit.

— Eh bien, Joseph, dut répéter le patron, va chercher une scie pour M. Maigret... »

Ainsi la journée décisive commençait comme une joyeuse loufoquerie. Un matin de soleil succédait à un matin de soleil. Une femme de chambre passa avec un plateau à petit déjeuner. Le sol du corridor venait d'être lavé à grande eau. Le facteur entrait et fouillait dans son sac de cuir.

Maigret, le balai à la main, attendait une scie.

« Il y a un appareil téléphonique au salon, je crois? dit-il au propriétaire.

— Mais oui, monsieur Maigret. Sur la table de gauche. Je vous branche immédiatement.

— Ce n'est pas la peine.

— Vous ne voulez pas de communication?

— Merci. Ce n'est pas nécessaire. »

Il pénétra dans le salon avec son balai, tandis que la femme de ménage en profitait pour déclarer :

« Vous remarquerez que ce n'est pas ma faute si je ne fais rien. Il ne faudra pas m'engueuler tout à l'heure parce que le hall n'est pas fini! »

Le veilleur revint avec une scie rouillée qu'il avait trouvée à la cave. Maigret, de son côté, réapparut avec le balai, prit la scie et entama le bout du manche. Il appuyait le balai au bureau. De la sciure tombait sur le pavé déjà lavé. L'autre bout de bois frottait sur le registre que le patron observait avec angoisse.

« Et voilà! Je vous remercie », prononça enfin le commissaire en ramassant une petite tranche de bois qu'il venait de scier.

Il rendait en même temps à la femme de ménage un balai raccourci de quelques centimètres.

« C'est ce qu'il vous fallait? questionna le directeur de l'hôtel en gardant son sérieux.

— Exactement. »

A la Chope du Pont-Neuf, où il retrouva Lucas, dans la salle du fond, les femmes de ménage et leurs seaux sévissaient, comme à l'hôtel.

« Vous savez, patron, que la brigade a travaillé toute la nuit. Quand Amadieu vous a quitté, il s'est mis en tête d'arriver avant vous et il a lancé tout son monde sur l'affaire. Tenez, je peux vous dire que vous êtes allé au Palais-Royal avec une dame...

— Puis que je suis allé au Floria. Pauvre Amadieu! Mais les autres?

— Eugène était au Floria aussi. Vous l'avez sans doute vu. A trois heures moins le quart, il est sorti avec une professionnelle.

— Fernande, je sais. Je parie qu'il a couché avec elle, rue Blanche.

— Vous avez raison. Il a même laissé sa voiture toute la nuit au bord du trottoir. Elle y est toujours. »

Maigret avait tiqué, bien qu'il ne fût pas amoureux. L'autre matin, c'était lui qui était chez elle, dans l'appartement baigné de soleil. Fernande buvait son café au lait, à peine vêtue, et il y avait entre eux une intimité confiante.

Ce n'était pas de la jalousie, mais il n'aimait pas beaucoup les hommes dans le genre d'Eugène qu'il imaginait maintenant, encore couché, tandis que Fernande s'affairait à lui préparer son café et à le lui servir au lit! Quel sourire condescendant il devait esquisser!

« Il lui fera faire tout ce qu'il voudra! soupira-t-il. Continue, Lucas.

— Le camarade marseillais a traîné dans deux ou trois boîtes avant de rentrer à l'hôtel Alsina. A cette heure, il dort, car il ne se lève jamais avant onze heures ou midi.

— Et le petit homme sourd?

— Il s'appelle Colin. Il vit avec sa femme, car il est légitimement marié, dans un appartement de la rue Caulaincourt. Elle lui fait des scènes quand il rentre tard. C'est l'ancienne sous-maîtresse de sa « maison ».

— Que fait-il à cette heure-ci?

— Le marché. C'est toujours lui qui va aux

provisions, un gros cache-nez autour du cou, des pantoufles charentaises aux pieds.

— Audiat ?

— Il s'est soûlé comme une bourrique dans toute une série de bistrots. Il est rentré à son hôtel, rue Lepic, vers une heure du matin et le gardien de nuit a dû l'aider à monter l'escalier.

— Quant à Cageot, il est chez lui, je suppose ? »

En sortant de la Chope du Pont-Neuf, Maigret avait l'impression de voir ses personnages éparpillés là-haut autour du Sacré-Cœur qui émergeait, tout blanc, de la buée de Paris.

Dix minutes durant, il donna des instructions à Lucas, à voix basse, et il murmura enfin en lui serrant la main :

« Tu as bien compris ? Tu es sûr qu'il ne te faudra pas plus d'une demi-heure ?

— Vous êtes armé, patron ? »

Maigret donna une tape sur la poche de son pantalon et héla un taxi qui passait.

« Rue des Batignolles ! »

***

La porte de la loge était ouverte et l'employé du gaz se trouvait dans l'entrebâillement.

« Qu'est-ce que c'est ? fit une voix pointue au moment où Maigret passait.

— M. Cageot, s'il vous plaît.

— A l'entresol à gauche. »

Maigret s'arrêta sur le paillasson effiloché, reprit sa respiration, tira l'énorme cordon de passementerie qui ne déclencha, à l'intérieur de l'appartement, qu'une sonnerie de jouet d'enfant.

Ici aussi un balai se promenait sur le plancher et parfois heurtait un meuble. Une voix de femme dit :

« Vous allez ouvrir ? »

Puis, il y eut des pas feutrés. Une chaîne fut tirée. La clef tourna dans la serrure et le battant s'écarta, mais de dix centimètres à peine.

C'était Cageot qui avait ouvert la porte, un Cageot en robe de chambre, les cheveux en désordre, les sourcils plus broussailleux que jamais. Il ne s'étonna pas. D'une voix maussade il prononça en regardant Maigret dans les yeux :

« Qu'est-ce que vous voulez ?

— Entrer, d'abord.

— Vous êtes ici officiellement, avec un mandat régulier ?

— Non. »

Cageot voulut refermer l'huis, mais le commissaire avait avancé son pied qui empêcha le battant de bouger.

« Vous croyez qu'il ne vaut pas mieux que nous causions ? » disait-il en même temps.

Cageot se rendit compte qu'il ne parviendrait pas à refermer sa porte et son regard s'alourdit.

« Je pourrais appeler la police...

— Bien entendu! Seulement, je pense que cela serait sans utilité et qu'une conversation à nous deux est préférable. »

Derrière le Notaire, une femme de ménage vêtue de noir avait interrompu son travail pour écouter. Toutes les portes de l'appartement étaient ouvertes pour le nettoyage. On devinait, à droite du couloir, une pièce très claire qui donnait sur la rue.

« Entrez. »

Cageot referma la porte à clef, remit la chaîne et dit au visiteur :

« A droite... Dans mon bureau... »

C'était le logement type des petits-bourgeois de Montmartre, avec une cuisine large d'un mètre à peine et s'éclairant sur la cour, un portemanteau de bambou dans l'entrée, une salle à manger sombre, des rideaux sombres aussi, des papiers peints à ramages fanés.

Ce que Cageot appelait son bureau, c'était la pièce qui était prévue par l'architecte pour faire l'office de salon et, seule de l'appartement, elle avait deux fenêtres qui laissaient pénétrer la lumière.

Le parquet ciré. Au milieu, il y avait un tapis usé, et trois fauteuils en tapisserie avaient pris la même teinte indéfinissable que ce tapis.

Les murs étaient grenat, encombrés d'une infinité de tableaux et de photographies à cadre doré. Et dans les coins, des guéridons, des étagères étaient chargés de bibelots sans valeur.

Près de la fenêtre trônait un bureau en acajou couvert d'un vieux maroquin et c'est derrière ce bureau que Cageot s'installa, rangeant à sa droite quelques papiers qui traînaient à son arrivée.

« Marthe! Vous m'apporterez mon chocolat ici. »

Il ne regardait plus Maigret. Il attendait, préférant laisser à son interlocuteur le soin de l'offensive.

Quant au commissaire, assis sur une chaise trop frêle pour lui, il avait déboutonné son pardessus et bourrait une pipe, à petits coups de pouce, tout en regardant autour de lui. Une fenêtre était ouverte, sans doute à cause du nettoyage, et quand la femme de ménage arriva avec le chocolat, Maigret demanda à Cageot :

« Cela ne vous fait rien qu'on ferme la fenêtre? J'ai pris froid avant-hier et je ne voudrais pas aggraver mon rhume.

— Fermez la fenêtre, Marthe. »

Marthe n'avait aucune sympathie pour le visiteur. Cela se voyait à la façon dont elle allait et venait autour de lui et dont, en passant, elle trouva moyen de lui heurter la jambe sans s'excuser.

L'odeur du chocolat était perceptible dans toute la pièce. Cageot tenait les mains sur le bol comme pour les réchauffer. Des voitures de livraison passaient dans la rue et leur toit arrivait presque au niveau des fenêtres, ainsi que le toit argenté des autobus.

La femme de ménage sortit, mais laissa la porte entrouverte, et elle continua à s'agiter dans l'entrée.

« Je ne vous offre pas de chocolat, dit Cageot, car je suppose que vous avez pris votre petit déjeuner.

— Je l'ai pris, oui. Par contre, si vous aviez un verre de vin blanc... »

Tout comptait, les moindres mots, et Cageot fronça les sourcils, se demandant pourquoi son visiteur réclamait à boire.

Maigret comprit, sourit.

« J'ai l'habitude de travailler dehors. L'hiver, il fait froid. L'été, il fait chaud. Dans un cas comme dans l'autre, n'est-ce pas? on est tenté de boire...

— Marthe, apportez du vin blanc et un verre.

— De l'ordinaire?

— C'est cela. Je préfère l'ordinaire », répliqua Maigret.

Son chapeau melon était posé sur le bureau, à côté du téléphone. Cageot buvait son chocolat à petites gorgées sans quitter son compagnon des yeux.

Il était plus pâle le matin que le soir, ou

plutôt sa peau était incolore, ses yeux du même gris terne que les cheveux et les sourcils. La tête longue, osseuse. Cageot était un de ces hommes qu'on ne peut pas imaginer autrement qu'entre deux âges. Il était difficile de croire qu'il eût jamais été un bébé, ou un gamin allant à l'école, ou encore un jeune homme amoureux. Il n'avait jamais dû tenir une femme dans ses bras, balbutier des mots tendres.

Par contre, ses mains velues, assez soignées, avaient toujours manié une plume. Les tiroirs du bureau devaient être bourrés de papiers de toutes sortes, de comptes, d'additions, de factures, de notes.

« Vous vous levez relativement tôt, remarqua Maigret après avoir regardé sa montre.

— Je ne dors pas plus de trois heures par nuit. »

C'était bien cela! On n'eût pu dire à quoi cela se sentait, mais cela se sentait.

« Alors, vous lisez?

— Je lis, ou je travaille. »

Ils s'accordaient l'un et l'autre un moment de répit. Sans s'être donné le mot, ils décidaient que la conversation sérieuse commencerait après que Marthe aurait servi le vin blanc.

Maigret ne voyait pas de bibliothèque, mais une petite table, près du bureau, supportait des livres reliés, le Code, les Dalloz, des ouvrages juridiques.

« Laissez-nous, Marthe », dit Cageot dès que le vin fut sur la table.

Et, comme elle gagnait la cuisine, il faillit la rappeler pour lui commander de fermer la porte, mais il se ravisa.

« Je vous laisse vous servir vous-même. »

Quant à lui, le plus naturellement du monde il ouvrait un tiroir du bureau, y prenait un revolver automatique qu'il posait à portée de sa main. Cela n'avait pas même l'air d'une provocation. Il agissait comme si ce geste eût été depuis toujours dans les usages, puis il repoussa la tasse vide, s'accouda aux bras de son fauteuil.

« J'écoute votre proposition, prononça-t-il alors de l'air d'un homme d'affaires qui reçoit un client.

— Qu'est-ce qui vous fait croire que j'ai une proposition à vous faire ?

— Pourquoi seriez-vous ici ? Vous n'apparte-nez plus à la police. Donc, vous ne venez pas m'arrêter. Vous ne venez même pas m'interro-ger puisque vous n'êtes plus assermenté et que tout ce que vous pourriez raconter ensuite serait sans valeur. »

Maigret approuva d'un sourire, tout en allu-mant sa pipe qu'il avait laissé éteindre.

« D'autre part, votre neveu est dans le bain jusqu'au cou et vous ne voyez aucun moyen de l'en tirer. »

Maigret avait posé sa boîte d'allumettes sur le

bord de son chapeau et trois fois en quelques instants il dut la reprendre, car le tabac, trop serré sans doute, s'éteignait à tout coup.

« Donc, conclut Cageot, vous avez besoin de moi et je n'ai pas besoin de vous. A présent, je vous écoute. »

Sa voix était aussi neutre, aussi terne que sa personne. Avec une pareille tête et une telle voix, il eût fait un président d'assises halluci-nant.

« Soit! décida Maigret en se levant et en esquissant quelques pas dans la pièce. Qu'est-ce que vous demandez pour tirer mon neveu d'embarras?

— Moi? Comment voulez-vous que je fasse? »

Maigret sourit, bon enfant.

« Allons! pas de modestie. On peut toujours défaire ce qu'on a fait. Combien? »

Cageot resta un moment silencieux, à digérer cette proposition.

« Cela ne m'intéresse pas, dit-il enfin.

— Pourquoi?

— Parce que je n'ai aucune raison de m'oc-cuper de ce jeune homme. Il a fait ce qu'il a fallu pour aller en prison. Je ne le connais pas. »

Maigret s'arrêtait de temps en temps, devant un portrait, ou devant la fenêtre, plongeait le regard dans la rue où les ménagères s'affairaient autour des petites charrettes.

« Par exemple, murmura-t-il doucement en rallumant sa pipe une fois de plus, si mon neveu était mis hors de cause, je n'aurais plus la moindre raison de m'occuper de cette affaire. Vous l'avez dit vous-même, je n'appartiens plus à la police. A parler franc, je vous avoue que je prendrais le premier train pour Orléans et que deux heures après je serais dans mon bachot à pêcher à la ligne.

— Vous ne buvez pas ! »

Maigret se versa un plein verre de vin blanc, qu'il vida d'une gorgée.

« Quant aux moyens que vous avez à votre disposition, reprit-il en s'asseyant et en posant les allumettes sur le bord du chapeau, ils sont nombreux. Audiat pourrait, à la seconde confrontation, être moins sûr de ses souvenirs et ne pas reconnaître formellement Philippe. Cela se voit tous les jours. »

Cageot réfléchissait et, à son regard absent, Maigret devinait qu'il ne l'écoutait pas, ou à peine. Non ! Sa préoccupation devait être celle-ci :

« Pourquoi diable est-il venu me trouver ? »

Et, dès lors, celle de Maigret fut d'éviter, coûte que coûte, de tourner son regard dans la direction du chapeau et du téléphone. Elle fut aussi d'avoir l'air de penser ce qu'il disait. Or, en réalité, il parlait à vide. Pour se donner de l'éloquence, il s'emplit un nouveau verre et le but.

« Il est bon ?

— Le vin ? Pas mauvais. Je sais ce que vous allez me répondre. Philippe hors de cause, l'enquête reprend de plus belle, puisque la Justice ne tient plus le coupable. »

Cageot leva imperceptiblement la tête, intéressé par ce qui allait suivre. Au même moment, Maigret devenait rouge d'un seul coup, en même temps qu'une pensée lui traversait l'esprit.

Qu'arriverait-il si, à la même heure, Eugène ou le Marseillais ou le patron du Tabac, ou n'importe qui demandait Cageot au téléphone ? C'était une chose possible, probable même. La veille, toute la bande avait été réunie au quai des Orfèvres et une certaine inquiétude devait régner parmi ses membres. Cageot n'avait-il pas l'habitude de donner des ordres et de recevoir les rapports par téléphone ?

Or, pour l'instant, le téléphone ne marchait pas, il devait rester dans le même état pendant de longues minutes encore, peut-être pendant une heure.

Si Maigret avait posé son chapeau sur la table, c'était de telle sorte que de sa place son interlocuteur ne pût voir la base de l'appareil. Et en prenant sans cesse ses allumettes, il avait glissé sous le récepteur la rondelle de bois qu'il avait sciée le matin.

Autrement dit, la communication était déclenchée. Au central, Lucas était posté avec deux sténographes qui serviraient de témoins.

« Je comprends qu'il vous faille un coupable », murmurait le commissaire en regardant le tapis.

Ce qui arriverait si Eugène, par exemple, essayait de téléphoner et n'y parvenait pas, c'est que, inquiet, il accourrait. Tout serait à recommencer ! Ou plutôt il serait impossible de recommencer, car Cageot serait désormais sur ses gardes.

« Ce n'est pas difficile, poursuivit-il en essayant de conserver une voix égale. Il suffit de trouver un garçon quelconque qui ait à peu près la même silhouette que mon neveu. Cela ne manque pas à Montmartre. Et il y en a bien un que vous ne seriez pas fâché de voir au bagne. Deux ou trois témoignages par là-dessus et le tour est joué. »

Maigret avait si chaud qu'il retira son pardessus et le posa sur le dossier d'une chaise.

« Vous permettez ?

— On pourrait ouvrir la fenêtre », proposa Cageot.

Que non ! Avec le bruit de la rue, les sténographes, au bout du fil, risquaient de perdre la moitié des phrases prononcées.

« Je vous remercie. Mais c'est ma grippe qui me met en nage. L'air me ferait plus de mal. Je disais... »

Il vida son verre, bourra une nouvelle pipe.

« La fumée ne vous gêne pas, au moins ? »

On entendait toujours la femme de ménage aller et venir, mais parfois le bruit s'arrêtait et Marthe devait tendre l'oreille.

« Il suffirait de me citer un chiffre. Qu'est-ce que ça vaut, une opération comme celle-là ?

— Le bagne ! » riposta carrément Cageot.

Maigret sourit, mais il commençait à douter de son système.

« Dans ce cas, si vous avez peur, proposez une autre combinaison.

— Je n'ai pas besoin de combinaison, moi ! La police a arrêté un homme qu'elle accuse d'avoir tué Pepito. Cela la regarde. De temps en temps, c'est vrai, je rends de menus services à la rue des Saussaies et au quai des Orfèvres. En l'occurrence, je ne sais rien. Je regrette pour vous... »

Il manifestait l'intention de se lever pour mettre fin à l'entretien. Il fallait trouver autre chose immédiatement.

« Voulez-vous que je vous dise ce qui va arriver ? » articula lentement Maigret.

Il prit un temps, laissa tomber syllabe par syllabe :

« Avant deux jours, vous serez obligé de tuer votre petit camarade Audiat. »

Le coup avait porté, c'était certain. Cageot évitait de regarder son compagnon qui poursuivait, par crainte de perdre son avantage :

« Vous le savez aussi bien que moi! Audiat est un gamin. Je le soupçonne en outre de prendre des stupéfiants, ce qui le rend impressionnable. Depuis qu'il me sent derrière lui, il fait gaffe sur gaffe, s'affole et, l'autre nuit dans ma chambre, il a déjà mangé le morceau. C'était si bien prévu que vous étiez sur le seuil de la Police Judiciaire pour l'empêcher de répéter ce qu'il m'avait dit. Mais, ce que vous avez réussi une fois, vous ne le réussirez pas toujours. Audiat, cette nuit, s'est enivré dans tous les bistrots. Il recommencera ce soir. Sans cesse, il aura quelqu'un sur ses talons... »

Cageot était rigoureusement immobile, les yeux fixés sur le mur grenat.

« Continuez, dit-il pourtant d'une voix naturelle.

— C'est nécessaire? Comment vous y prendrez-vous pour supprimer un homme gardé jour et nuit par la police? Si vous ne le tuez pas, Audiat parlera. C'est mathématique! Et si vous le tuez, c'est vous qui serez pris, car il est difficile de commettre un meurtre dans de telles conditions. »

Le rayon de soleil que filtrait la vitre sale

glissait sur le bureau et, dans quelques minutes, atteindrait le téléphone. Maigret fumait à bouffées précipitées.

« Qu'est-ce que vous répondez à cela ? »

Sans élever la voix, Cageot dit :

« Marthe ! fermez la porte. »

Elle le fit en ronchonnant. Alors Cageot baissa le ton, à tel point que Maigret se demanda si la voix porterait au téléphone.

« Et si Audiat était déjà mort ? »

Pas un trait n'avait bougé pendant qu'il prononçait cette phrase. Maigret se souvenait de sa conversation avec Lucas, à la Chope du Pont-Neuf. Le brigadier ne lui avait-il pas affirmé qu'Audiat, suivi par un inspecteur, était rentré à son hôtel, rue Lepic, vers une heure du matin ? Or l'inspecteur avait dû surveiller l'hôtel pendant le reste de la nuit.

Sa main posée sur le maroquin usé du bureau à quelques centimètres du revolver, Cageot reprit :

« Vous voyez que vos propositions ne tiennent pas debout. Je vous croyais plus fort que ça. »

Et il ajouta, cependant que Maigret se figeait d'effroi :

« Si vous voulez en savoir davantage, vous pouvez téléphoner au commissariat du XVIIIe arrondissement. »

Il aurait pu, en disant cela, tendre la main

vers le récepteur, le décrocher pour le pousser vers Maigret. Il ne le fit pas, et le commissaire respira à nouveau, se hâta de dire :

« Je vous crois. Mais, moi non plus, je n'ai pas fini de vider mon sac. »

Il ne savait pas ce qu'il allait dire. Mais il fallait rester encore. Il fallait, coûte que coûte, amener Cageot à prononcer certaines paroles dont le bonhomme semblait se méfier comme de la peste.

Jusqu'ici, il n'avait pas une seule fois nié le crime. Mais il n'avait pas non plus prononcé une phrase, un mot pouvant être considéré comme un aveu formel.

Maigret imaginait Lucas impatient, l'écouteur à l'oreille, le pauvre Lucas passant par des phases d'espoir et de découragement et disant aux sténographes :

« Ce n'est pas la peine de prendre cela. »

Et si Eugène ou un autre téléphonait ?

« Vous êtes sûr que ce que vous avez à me dire en vaut la peine ? insista M. Cageot. Il est l'heure de m'habiller.

— Je vous demande encore six minutes. »

Maigret se versa à boire et se leva comme un homme surexcité qui va faire un discours.

10

Cageot ne fumait pas, ne bougeait pas, n'avait aucun tic qui pût servir de soupape à sa nervosité.

Maigret ne s'était pas encore rendu compte que c'était précisément cette immobilité de son interlocuteur qui le gênait, mais il comprit quand il le vit tendre la main vers un drageoir posé sur le bureau et y prendre une praline.

C'était peu de chose et pourtant les petits yeux du commissaire pétillèrent comme s'il eût découvert le défaut de la cuirasse. Cageot, qui n'était ni fumeur, ni buveur, ni amateur de femmes, mangeait des sucreries, suçait une praline en la faisant lentement passer d'un côté de la bouche à l'autre!

« Je pourrais dire que nous sommes entre gens de métier, articula enfin Maigret. C'est en homme de métier que je vais vous dire pourquoi, fatalement, vous devez être pris. »

La praline remua davantage.

« Prenons le premier meurtre. Je parle du premier meurtre de la série, car il est possible que vous en ayez d'autres à votre actif. Est-ce que l'avoué chez qui vous avez été premier clerc n'est pas mort empoisonné?

— On ne l'a pas prouvé », dit simplement Cageot.

Il cherchait à savoir où Maigret voulait en venir et, de son côté, l'esprit du commissaire travaillait à plein régime.

« Peu importe! Voilà trois semaines, vous décidez de supprimer Barnabé. A ce que j'ai cru comprendre, Barnabé faisait la liaison entre Paris et Marseille, c'est-à-dire entre vous et les Levantins qui apportent la drogue par le bateau. Je suppose que Barnabé a voulu se tailler une trop grosse part. On l'invite à monter en voiture. C'est la nuit. Soudain, Barnabé sent un couteau qui lui entre dans le dos et quelques instants après son corps va s'écraser sur le trottoir. Voyez-vous la faute? »

Maigret alla prendre ses allumettes pour s'assurer que la rondelle de bois était toujours en place. En même temps, il voulait cacher une pointe de sourire qu'il ne pouvait maîtriser, car Cageot réfléchissait, cherchait vraiment la faute, comme un écolier consciencieux.

« Je vous le dirai tout à l'heure! promit Maigret en interrompant ses réflexions. Pour le moment, je continue. La police, par je ne sais quel hasard, est sur la trace de Pepito. Comme la marchandise est au Floria et que le Floria est surveillé, la situation est dangereuse. Pepito sent qu'il va être pris. Il menace, si vous ne le sauvez pas, de manger le morceau. Vous le descendez d'une balle de revolver alors qu'il se croit seul dans le cabaret vide. Ici, pas de faute. »

Cageot redressa la tête et la praline resta en suspens sur la langue.

« Pas de faute jusqu'à présent. Commencez-vous à comprendre ? Mais vous vous apercevez qu'il y a un policier dans la boîte. Vous sortez. Vous ne résistez pas au désir de faire pincer le policier. A première vue, cela a l'air d'un trait de génie. Et pourtant c'est la faute, la deuxième. »

Maigret tenait le bon bout. Il n'y avait plus qu'à continuer, sans rien brusquer. Cageot écoutait, réfléchissait, tandis que l'inquiétude commençait à grignoter son calme.

« Troisième meurtre : celui d'Audiat, lequel Audiat, lui aussi, va parler. La police le surveille. Le couteau et le revolver sont impossibles. Je parie qu'Audiat avait l'habitude de boire pendant la nuit. Cette fois, il boira d'autant plus qu'il est ivre et il ne se réveillera pas parce que l'eau de la carafe a été empoisonnée. Troisième faute. »

Maigret jouait le tout pour le tout, mais il

était sûr de lui! Les choses ne pouvaient s'être passées autrement.

« J'attends les trois fautes! » prononça enfin Cageot en tendant la main vers la boîte de pralines.

Et le commissaire imaginait l'hôtel de la rue Lepic, habité surtout par des musiciens, par des danseurs mondains, par des filles.

« Dans l'affaire Audiat, la faute c'est que quelqu'un a mis le poison dans la carafe! »

Cageot ne comprenait pas, suçait une nouvelle praline et il y avait dans l'air une légère odeur sucrée, un relent de vanille.

« Pour Barnabé, poursuivit Maigret en se versant à boire, vous emmenez au moins deux personnes : Pepito et celui qui conduisait la voiture, sans doute Eugène. Et c'est Pepito qui, par la suite, menace de trahir.

« Vous me suivez? Conséquence : la nécessité de supprimer Pepito. Vous vous occupez seul du coup de revolver. Mais, raffinement, vous allez chercher ensuite Audiat, chargé de bousculer l'inspecteur. Qu'arrive-t-il automatiquement? Eugène, Louis, le patron du Tabac, un joueur de belote, qui s'appelle Colin, et Audiat sont dans le jeu.

« C'est Audiat qui flanche. Et voilà, vous êtes obligé d'en finir avec lui!

« Or, hier après-midi, vous n'avez pas été vous-même rue Lepic. Vous avez dû vous servir d'un locataire de l'hôtel à qui vous avez téléphoné.

« Encore un complice! Un homme susceptible de parler!

« Y êtes-vous, cette fois? »

Cageot réfléchissait toujours. Le soleil atteignait le récepteur nickelé du téléphone. Il était tard. La foule devenait plus dense autour des petites charrettes et la rumeur de la rue pénétrait dans l'appartement en dépit des fenêtres fermées.

« Que vous soyez fort, c'est entendu. Mais alors, pourquoi vous encombrer chaque fois de complices inutiles, qui sont susceptibles de vous trahir? Vous pouviez sans peine, n'importe où, descendre Barnabé qui ne se méfiait pas de vous. Vous n'aviez pas besoin d'Audiat dans l'affaire Pepito. Et hier, alors que vous n'étiez pas surveillé, vous pouviez aller vous-même rue Lepic. Dans ces hôtels-là, où il n'y a pas de portier, on entre et l'on sort comme dans un moulin. »

Parfois on entendait des pas dans l'escalier et Maigret devait faire un effort pour paraître calme et pour continuer son discours comme si rien n'était.

« A l'heure qu'il est, cinq personnes au moins peuvent vous mettre dedans. Or jamais cinq personnes n'ont gardé longtemps un secret de ce genre.

— Je n'ai pas donné le coup de couteau à Barnabé », dit lentement Cageot, qui était plus terne que jamais.

Maigret saisit la balle au bond, affirma avec assurance :

« Je sais ! »

L'autre le regarda avec surprise, plissa les paupières.

« Un coup de couteau, c'est plutôt l'affaire d'un Italien comme Pepito. »

Il ne fallait plus qu'un tout petit effort, mais à ce moment la femme de ménage ouvrit la porte et Maigret crut que son édifice s'écroulait.

« Je vais faire le marché, annonça-t-elle. Qu'est-ce que je prends comme légumes ?

— Ce que vous voudrez.

— Vous avez de l'argent ? »

Cageot en prit dans un porte-monnaie solide, usé, à fermoir de métal, qui était un vrai porte-monnaie d'avare. Il choisit deux pièces de dix francs. La bouteille à vin était vide, sur la table, et il la tendit à la servante.

« Tenez ! Vous pourrez la reporter. C'est vous qui avez le ticket. »

Son esprit, pourtant, était ailleurs. Marthe sortit sans refermer la porte, mais elle referma celle du palier et l'on entendit le murmure de l'eau qui bouillait sur le réchaud de la cuisine.

Maigret avait suivi du regard tous les gestes de son interlocuteur et voilà qu'il en oubliait l'appareil téléphonique et les sténographes embusqués à l'autre bout du fil. Un déclic venait de se faire en lui, il n'aurait pu dire à quel moment au juste. Il avait beaucoup parlé, sans trop penser à ce qu'il disait, et son raisonnement improvisé l'avait amené à quelques millimètres de la vérité.

Il y avait aussi les bonbons du drageoir, le porte-monnaie, et même le mot *légume*.

« Je parie que vous êtes au régime.

— Depuis vingt ans. »

Cageot ne parlait plus de mettre son visiteur à la porte. On eût même dit qu'il avait besoin de lui. Voyant son verre vide, il articula :

« Marthe va apporter du vin. Il n'y en a jamais qu'une bouteille à la maison.

— Je sais.

— Comment le savez-vous ? »

Parce que c'était en harmonie avec le reste, parbleu ! Parce que maintenant Cageot cessait d'être pour Maigret un adversaire quelconque et devenait un homme. Cet homme, il le connaissait davantage à chaque seconde, il le sentait vivre, respirer, penser, craindre et espérer, il entendait le bruit agaçant de la praline contre les dents.

Le décor s'animait aussi, le bureau, les meubles, les tableaux douceâtres comme de la confiture.

« Savez-vous ce que je pense, Cageot ? »

Cette phrase n'était pas une phrase en l'air, mais elle faisait suite à une longue suite de pensées.

« Je suis en train de me demander si vous avez réellement tué Pepito ? A l'heure qu'il est, je suis presque sûr du contraire. »

Le ton n'était plus le même que dans le précédent discours. Maigret se passionnait, penché en avant pour voir Cageot de plus près.

« Je vais vous dire tout de suite pourquoi je pense ainsi. Si vous aviez été capable de tuer Pepito vous-même, d'un coup de revolver, vous n'auriez eu besoin de personne pour supprimer Barnabé et Audiat. La vérité, c'est que vous avez peur. »

Les lèvres de Cageot étaient sèches. Il tenta pourtant de sourire avec ironie.

« Osez me dire que vous avez déjà tué un poulet ou un lapin ! Osez me dire que vous êtes capable de regarder du sang qui coule ! »

Maigret ne doutait plus. Il avait compris. Il fonçait droit devant lui.

« Entendons-nous ! Vous avez peur de tuer de vos mains, mais cela ne vous fait rien de condamner quelqu'un ! Au contraire ! Vous avez peur de tuer, peur de mourir. Mais vous y mettez d'autant plus de rage à ordonner des meurtres. N'est-ce pas vrai, Cageot ? »

La voix de Maigret était sans haine comme sans pitié. Il étudiait Cageot avec la passion qu'il apportait à l'étude de tout ce qui était humain. Et le Notaire l'était terriblement à ses yeux. Il n'y avait pas jusqu'au métier de clerc d'avoué qu'il avait fait dans sa jeunesse, qui n'eût été providentiel.

Cageot était, avait toujours été, l'homme enfermé en lui-même. Tout seul, les yeux clos, il devait échafauder des combinaisons merveilleuses, des combinaisons de toutes sortes, aussi bien financières que criminelles ou qu'érotiques.

On ne l'avait jamais vu avec des femmes? Parbleu! Les femmes n'étaient pas capables de réaliser ses imaginations exacerbées!

Cageot se repliait sur lui-même, dans sa tanière imprégnée de ses pensées, de ses rêves, de son odeur.

Et quand, par la fenêtre, il regardait la rue ensoleillée où la foule grouillait devant les étalages, où déferlaient les autobus gonflés de vies, c'était, non avec le désir de se mêler à la masse vivante du dehors, mais avec celui de baser sur elle de savantes combinaisons.

« Vous êtes un froussard, Cageot! tonna la voix de Maigret. Un froussard comme tous ceux qui ne vivent que par leur cerveau. Vous vendez des femmes, de la cocaïne, Dieu sait quoi encore, car je vous crois capable de tout. Mais en même temps vous vous faites indicateur de police! »

Les yeux gris de Cageot ne quittaient pas Maigret qui ne pouvait plus s'arrêter.

« Vous avez fait tuer Barnabé par Pepito. Je vais vous dire, moi, par qui vous avez fait tuer Pepito. Il y a dans votre bande un beau garçon qui est jeune, qui a tout pour lui : les femmes, l'argent, le succès, la désinvolture et une absence totale de conscience.

« Osez affirmer que le soir du meurtre de Pepito vous n'étiez pas au Tabac Fontaine ! Il y avait là le patron, puis ce tenancier de maison close qui s'appelle Colin et qui est encore plus lâche que vous, puis Audiat, le Marseillais et enfin Eugène.

« C'est Eugène que vous avez envoyé au Floria. Puis, quand il est revenu, le travail fait, et qu'il vous a annoncé qu'il y avait quelqu'un dans la boîte, vous avez mis Audiat sur l'affaire.

— Et après ? prononça Cageot. A quoi tout cela vous sert-il ? »

Il s'appuyait des deux mains aux bras du fauteuil comme s'il eût voulu se lever. Il tenait la tête un peu en avant, dans un mouvement de défi.

« A quoi cela me sert ? A vous prouver que je vous aurai, justement parce que vous êtes un lâche et que vous vous êtes entouré de trop de gens.

— Je vous jure, moi, que vous ne m'aurez jamais. »

Il avait un sourire sans gaieté. Ses pupilles s'étaient rétrécies. Il ajouta lentement :

« La police n'a jamais eu un homme intelligent ! Vous parliez tout à l'heure d'empoisonnement. Puisque vous avez été de la « maison », vous pouvez sans doute me dire combien on découvre d'empoisonnements par an, à Paris ? »

Maigret n'eut pas le temps de répondre.

« Pas un ! Vous entendez ? Or vous n'êtes pas assez naïf pour croire que, sur quatre millions d'habitants, il n'y en ait pas quelques-uns qui succombent à une trop forte dose d'arsenic ou de strychnine ? »

Il se leva enfin. Maigret attendait ce geste depuis longtemps. C'était la détente après un trop long effort et la détente se traduisait fatalement par des paroles.

« Aujourd'hui même, j'aurais pu vous supprimer. J'y ai pensé. Il suffisait d'empoisonner votre vin. Remarquez que la bouteille n'est déjà plus dans la maison. Il me reste à laver le verre. Vous sortez d'ici et vous allez mourir n'importe où... »

Maigret eut un doute, mais qui dura un dixième de seconde à peine.

« Vous avez raison. Je n'ai pas tué Barnabé. Je n'ai pas tué Pepito. Je n'ai même pas tué cet imbécile d'Audiat ! »

Cageot, sa bonbonnière à la main, parlait bas d'une façon suivie. A bien le regarder, il était ridicule, car sa robe de chambre était trop courte et ses cheveux non peignés lui faisaient une étrange auréole. Sans le téléphone, le commissaire eût ouvert la fenêtre pour échapper à cette atmosphère oppressante de vie renfermée.

« Ce que je vous dis n'a aucune importance, puisque vous n'êtes pas assermenté et qu'il n'y a pas de témoin. »

Comme pris de doute, il regarda dans le corridor, ouvrit même un instant sa chambre à coucher.

« Ce que vous n'avez pas compris, voyez-vous, c'est qu'ils ne me trahiront pas, même s'ils sont plus coupables que moi! Eugène a tué. C'est Louis qui a fourni le revolver et la clef du Floria. Et savez-vous ce qui pourrait bien arriver si Eugène faisait le malin? C'est que, un de ces soirs au cours d'une belote, le petit Colin comme vous dites, cet avorton à moitié sourd et bégayant, soit chargé de lui mettre à son tour quelque chose dans son verre. C'est moins nécessaire que vous le croyez, je vous jure, de savoir égorger un poulet. »

Maigret s'était dirigé vers le bureau pour y prendre son chapeau et ses allumettes. Ses genoux tremblaient légèrement. C'était fini! Il avait atteint son but! Il ne lui restait qu'à sortir! L'inspecteur qui attendait dans la rue avait un mandat d'amener en poche. Quai des Orfèvres on attendait des nouvelles et l'on devait se livrer au jeu des pronostics.

Il y avait deux heures que Maigret était là. Eugène, en pyjama de soie, prenait peut-être un tardif petit déjeuner en tête à tête avec Fernande. Et où pouvait courir, de son côté, la brave maman de Philippe?

Des pas se firent entendre dans l'escalier. On frappa violemment à la porte. Cageot regarda Maigret dans les yeux, puis fixa son revolver qui était resté sur le bureau.

Tandis qu'il allait ouvrir, le commissaire mit sa main à la poche-revolver et resta planté au milieu de la pièce.

« Que se passe-t-il? » fit dans l'entrée la voix d'Eugène.

Les deux hommes furent aussitôt à la porte du bureau. Il y avait encore des pas derrière eux : ceux de Fernande, qui regarda Maigret avec étonnement.

« Qu'est-ce que...? » répéta Eugène.

Mais déjà un taxi s'arrêtait bruyamment devant la maison, serrant ses freins grinçants.

Eugène courut à la fenêtre.

« Je l'avais bien dit! » gronda-t-il.

Les policiers qui surveillaient le domicile de Fernande et qui avaient suivi le couple sautaient sur le trottoir.

Cageot ne bougeait pas. Son revolver à la main, il réfléchissait.

« Qu'es-tu venu faire? »

Il s'adressait à Eugène, mais celui-ci parlait en même temps que lui.

« J'ai téléphoné quatre fois et... »

Maigret avait reculé lentement de façon à avoir le dos au mur.

Au mot *téléphone* Cageot jeta un coup d'œil à l'appareil. Au même instant une détonation retentissait, une odeur de poudre brûlée emplissait la pièce et un nuage bleuâtre s'étirait dans le soleil.

Maigret avait tiré. La balle avait atteint la main de Cageot dont le revolver était tombé par terre.

« Ne bougez pas! » dit le commissaire qui braquait toujours son arme devant lui.

Cageot resta figé. Il avait encore en bouche une praline qui lui déformait la joue gauche et il n'osait faire un mouvement.

Des gens montaient l'escalier.

« Va ouvrir, Fernande », ordonna Maigret.

Elle chercha le regard d'Eugène pour savoir si elle devait obéir, mais son amant fixait obstinément le plancher. Alors, résignée, elle traversa l'antichambre, retira la chaîne, tourna la clef dans la serrure.

Du sang coulait goutte à goutte de la main de Cageot. Chaque goutte faisait un léger bruit en s'écrasant sur le tapis où grandissait une tache brunâtre.

Soudain, avant que Maigret eût pu intervenir, Eugène fit un bond vers la fenêtre, l'ouvrit non sans briser une vitre et sauta dans le vide.

Des cris éclatèrent dans la rue. Eugène était tombé sur le toit du taxi arrêté, s'était précipité à terre et avait pris sa course dans la direction de la rue des Dames.

Au même moment, deux inspecteurs se dressaient dans le cadre de la porte.

« Que se passe-t-il? demandèrent-ils à Maigret.

— Rien. Vous allez arrêter Cageot contre qui il y a un mandat d'amener. Vous avez des collègues en bas?

— Non. »

Fernande n'y comprenait rien, regardait avec hébétude la fenêtre ouverte.

« Alors, il courra longtemps! »

Tout en parlant, Maigret avait repris la rondelle de bois et l'avait glissée dans sa poche. Il eut la sensation qu'il se passait quelque chose du côté de Cageot, mais ce n'était pas grave. C'était le Notaire qui mollissait, roulait sur le tapis où il restait inerte.

Il s'était évanoui, sans doute d'avoir entendu son sang tomber goutte à goutte.

« Attendez qu'il soit revenu à lui. Si vous y tenez, appelez un médecin. Le téléphone marche, à présent. »

Maigret poussa Fernande vers le palier et la

fit descendre devant lui. La foule s'amassait devant la maison. Un sergent de ville essayait de passer.

Le commissaire parvint à se faufiler à travers la cohue et il se retrouva avec Fernande devant la charcuterie du coin de la rue.

« Grand amour? » demanda-t-il alors.

Il remarqua alors qu'elle portait un manteau de fourrure neuf. Il le palpa.

« C'est lui?

— Oui, ce matin.

— Dis donc, sais-tu que c'est lui qui a descendu Pepito?

— Ah! »

Elle n'avait pas bronché. Il sourit.

« Il te l'a dit? »

Elle se contenta de battre des cils.

« Quand?

— Ce matin. »

Et elle ajouta, soudain grave, en amoureuse qui croit que c'est arrivé :

« Vous ne l'aurez pas! »

C'est elle qui avait raison. Un mois plus tard, elle allait rejoindre Eugène à Stamboul où il avait ouvert une boîte de nuit dans la grand-rue de Péra.

Quant à Cageot, il est comptable au bagne.

« Comme tu me l'as demandé, écrit Mme Lauer à sa sœur, je t'envoie par grande vitesse six plants de prunier comme nous en avons dans le jardin de la tourelle. Je crois qu'ils prendront très bien dans la Loire. Mais tu devrais dire à ton mari, qu'à mon avis, il laisse beaucoup trop de bois sur ses fruitiers.

« Philippe se porte mieux depuis qu'il est rentré au pays. C'est un bon garçon, qui ne sort presque pas. Sa passion, le soir, c'est de faire des mots croisés. Mais depuis quelques jours je le vois souvent rôder du côté de la maison des Scheffer (ceux de l'usine à gaz) et je crois que cela finira par un mariage.

« Dis aussi à ton mari qu'on a donné hier, ici, la pièce que nous avons vue ensemble au Palais-Royal. Mais elle m'a moins plu qu'à Paris... »

Maigret rentrait avec ses bottes de caoutchouc et trois brochets à bout de bras.

« On ne les mangera quand même pas! remarqua sa femme.

— Évidemment! »

Il avait dit cela si drôlement qu'elle leva la tête pour le regarder. Mais non! il pénétrait déjà dans le hangar pour ranger ses lignes et retirer ses bottes.

« Si l'on devait manger tout ce que l'on tue! »

La phrase se forma toute seule dans son esprit en même temps qu'une image saugrenue : celle d'un Cageot blême et perplexe en face des cadavres de Pepito et d'Audiat. Cela ne le fit même pas sourire.

« Quelle soupe as-tu faite? cria-t-il en s'asseyant sur une caisse.

— Aux tomates.

— Ça va! »

Et les bottes tombèrent l'une après l'autre sur le sol de terre battue en même temps que fusait un soupir d'aise.

OUVRAGES DE GEORGES SIMENON

AUX PRESSES DE LA CITÉ (suite)

« TRIO »

★

AUX ÉDITIONS FAYARD

A LA N.R.F.

ÉDITION COLLECTIVE SOUS COUVERTURE VERTE

SÉRIE POURPRE

ACHEVÉ D'IMPRIMER LE
23 AOUT 1976 SUR LES
PRESSES DE L'IMPRIMERIE
BUSSIÈRE, SAINT-AMAND (CHER)

— Nº d'édit. 1112. — Nº d'imp. 959. —
Dépôt légal : 3e trimestre 1976.
Imprimé en France